絶命教室《ぜつめいきょうしつ》④

怪人《かいじん》ミラーとの恐怖《きょうふ》のゲーム

ウェルザード・作

赤身《あかみ》ふみお・絵

アルファポリスきずな文庫

CONTENTS

STORY

おかえりなさい、
怪人《かいじん》ミラーの部屋《へや》へ

またお会《あ》いしましたね。
よほどここが好《す》きなのか。
それとも……私《わたし》、怪人《かいじん》ミラーに会《あ》いにこられましたか？

冗談《じょうだん》はさておき。
人魚《にんぎょ》の肉《にく》を食《た》べれば、不老不死《ふろうふし》になれると言《い》われています。
となれば……試《ため》したくなるのが人《ひと》というもの。
そこに少《すこ》しだけ私《わたし》が手《て》を加《くわ》えれば……フフ。どうなるのでしょうか？

そんなに怖《こわ》がらないで。
さあ、物語《ものがたり》を始《はじ》めましょう……？

柳《やなぎ》口アン
怪奇研究会《かいきけんきゅうかい》のメンバー。
突然姿《とつぜんすがた》を消《け》してしまった。
三《み》杉《すぎ》カナデ
怪奇研究会《かいきけんきゅうかい》のメンバー。
心霊的《しんれいてき》なものを
感《かん》じる力《ちから》を持《も》つ。
楠木《くすのき》リンドウ
怪奇現象《かいきげんしょう》を解明《かいめい》する
『怪奇研究会《かいきけんきゅうかい》』の会長《かいちょう》。
頭《あたま》の回転《かいてん》が早《はや》く、掃除好《そうじず》き。
怪《かい》人《じん》ミラー
鏡《かがみ》のように反射《はんしゃ》する
マスクを被《かぶ》った、謎《なぞ》の人物《じんぶつ》。
リンドウに勝負《しょうぶ》を挑《いど》む
ことにして………!?

CHARACTER INTRODUCTION

香《か》月《つき》ユウタ
リンドウのクラスメイト。
不《ふ》二《じ》ケイジ
リンドウのクラスメイト。
八《や》尾《お》アキ
好《こう》奇《き》心《しん》旺《おう》盛《せい》な三《さん》年《ねん》生《せい》。
願《ねが》いを叶《かな》えるロッカーを
使《つか》ったけれど……？
天《あ》羽《もう》トワ
転《てん》校《こう》してきた美《び》少《しょう》女《じょ》。
人魚《にんぎょ》の肉《にく》を食《た》べたらしい。

第一章《だいいっしょう》　転校生《てんこうせい》は人魚《にんぎょ》の肉《にく》を食《た》べたようだ

真《ま》っ暗《くら》な部屋《へや》で、その人物《じんぶつ》はスポットライトに照《て》らされて、豪華《ごうか》なイスに座《すわ》っていた。鏡《かがみ》のように反射《はんしゃ》する仮面《かめん》を被《かぶ》っていて、表情《ひょうじょう》などわからないはずだが、なぜか笑《わら》っているのが伝《つた》わってくる。

この人物《じんぶつ》は名《な》を怪人《かいじん》ミラーと言《い》った。

「また会《あ》いましたね。よほどここが好《す》きなのですね。それとも……私《わたし》に会《あ》いにこられましたか？」

クスクスと笑《わら》いながら、こちらを見《み》つめているその姿《すがた》は少《すこ》し不気味《ぶきみ》だ。

「冗談《じょうだん》はさておき。あなたは不老不死《ふろうふし》を信《しん》じますか？　人魚《にんぎょ》の肉《にく》を食《た》べれば、歳《とし》を取《と》らないし、死《し》にもしないと言《い》われています。となれば……試《ため》したくなるのが人《ひと》というもの。そこに少《すこ》しだけ私《わたし》が手《て》を加《くわ》えれば……フフ。どうなるのでしょうかね」

手《て》を挙《あ》げて、パチンと指《ゆび》を鳴《な》らすと、怪人《かいじん》ミラーの隣《となり》にひとりの美《うつく》しい少女《しょうじょ》が浮《う》かび上《あ》がった。

可愛《かわい》いと言《い》うよりは美《うつく》しいその少女《しょうじょ》は、中学生《ちゅうがくせい》くらいの年齢《ねんれい》に見《み》えるのに、もう何十《なんじゅう》年《ねん》も生《い》きているかのような雰囲気《ふんいき》を醸《かも》し出《だ》している。

怪人《かいじん》ミラーの話《はなし》と、突然《とつぜん》浮《う》かび上《あ》がった少女《しょうじょ》から考《かんが》えるに、この子《こ》が人魚《にんぎょ》の肉《にく》を食《た》べたのだろう。

「それではお話《はな》ししましょうか。人魚《にんぎょ》の肉《にく》を食《た》べた少女《しょうじょ》と、怪奇研究会《かいきけんきゅうかい》の奮闘《ふんとう》を」

そう言《い》い、また指《ゆび》をパチンと鳴《な》らすと、スポットライトは消《き》えて真《ま》っ暗《くら》になった。

◆　◆　◆

「……と言《い》うわけで、転校生《てんこうせい》を紹介《しょうかい》するぞ。Ｋ県《けん》から引《ひ》っ越《こ》してきた、八尾《やお》アキさんだ。みんな、仲《なか》よくするように」

先生《せんせい》が紹介《しょうかい》すると、少女《しょうじょ》はペコリと頭《あたま》を下《さ》げた。

「八尾《やお》アキです。よろしくお願《ねが》いします」

短《みじか》い自己紹介《じこしょうかい》が終《お》わると拍手《はくしゅ》が起《お》こり、その美《うつく》しい顔《かお》に教室中《きょうしつじゅう》からため息《いき》が漏《も》れる。

先生《せんせい》と何《なに》やら話《はなし》をしていたアキは、教室《きょうしつ》の一番《いちばん》うしろにある机《つくえ》に向《む》かって歩《ある》き始《はじ》めた。

昨日《きのう》までなかった机《つくえ》が隣《となり》に置《お》かれていたから転校生《てんこうせい》でも来《く》るのかと、登校《とうこう》したときから思《おも》っていたリンドウは「やはりか」程度《ていど》しか感《かん》じない。クラスメイトの異様《いよう》な盛《も》り上《あ》がりの中《なか》に入《はい》ることもできず、ぼんやりとアキを眺《なが》めた。

「よろしく」

イスに座《すわ》る直前《ちょくぜん》に、微笑《ほほえ》んでリンドウにそう言《い》ったアキ。

「よろしく頼《たの》むよ、アキくん」

リンドウも返《かえ》して、自分《じぶん》もこのクラスからしてみれば転校生《てんこうせい》みたいなものだと、教壇《きょうだん》にいる先生《せんせい》に視線《しせん》を向《む》けた。

まだ興奮冷《こうふんさ》めやらぬ教室内《きょうしつない》を、先生《せんせい》がなんとか落《お》ち着《つ》けようとしているが、みんな浮《う》き足立《あしだ》っている。

「……ねえ、あなたは不老不死《ふろうふし》って信《しん》じる？」

「何《なに》？」

ざわめく教室《きょうしつ》の中《なか》で、ほかの人《ひと》には聞《き》こえないように小《ちい》さな声《こえ》でリンドウに尋《たず》ねたアキは、少《すこ》し笑《わら》っていた。

転校初日《てんこうしょにち》に、人《ひと》によっては悪印象《あくいんしょう》さえ与《あた》えかねない質問《しつもん》を投《な》げかける者《もの》がいるだろうか。普通《ふつう》ならまず新《あたら》しい環境《かんきょう》に溶《と》け込《こ》もうと、挨拶《あいさつ》をして当《あ》たり障《さわ》りのない会話《かいわ》をすれば上出来《じょうでき》ではないか。

そう思《おも》ったリンドウは強烈《きょうれつ》な違和感《いわかん》を覚《おぼ》えた。だが、もしかしたらこんな変《か》わった人《ひと》も存在《そんざい》するのだろうと考《かんが》えを改《あらた》めて、小《ちい》さく首《くび》を横《よこ》に振《ふ》った。

「信《しん》じない……と言《い》いたいが、不老不死《ふろうふし》という現象《げんしょう》に興味《きょうみ》はある。僕《ぼく》はそうなりたいとは思《おも》わないがね」

リンドウには心《こころ》を通《かよ》わせた女子生徒《じょしせいと》がいたが、おかしな現象《げんしょう》の中《なか》で命《いのち》を落《お》としてしまった。

不老不死《ふろうふし》というものがあるのならば、その女子生徒《じょしせいと》が死《し》ななかった未来《みらい》もあったのではないかと後悔《こうかい》してしまうから、考《かんが》えたくなかったのだ。

リンドウがそう言《い》って先生《せんせい》のほうを向《む》くと、アキはフフッと笑《わら》う。

「そう、残念《ざんねん》ね。フフッ……私《わたし》ね、人魚《にんぎょ》の肉《にく》を食《た》べたの。百年《ひゃくねん》も前《まえ》にね」

アキがつぶやいた小《ちい》さな声《こえ》が、リンドウの鼓膜《こまく》を震《ふる》わせた。

慌《あわ》てて顔《かお》を向《む》けたが、アキは何事《なにごと》もなかったかのように前《まえ》を向《む》いている。リンドウは若《じゃっ》干混乱《かんこんらん》するが、すぐに気《き》のせいだと首《くび》を横《よこ》に振《ふ》って先生《せんせい》の話《はなし》に耳《みみ》を傾《かたむ》けた。


～給食前《きゅうしょくまえ》～


転校生《てんこうせい》が来《き》たということで、教室《きょうしつ》は異様《いよう》な雰囲気《ふんいき》になっていて、一種《いっしゅ》のお祭《まつ》りのようだと感《かん》じていた。

「おい、聞《き》いたか？　八尾《やお》さんは人魚《にんぎょ》の肉《にく》を食《た》べて不老不死《ふろうふし》らしいぜ」

「おう、聞《き》いた聞《き》いた。それって、心臓《しんぞう》を刺《さ》されても死《し》なないってことか？　やべぇな、無敵《むてき》じゃん」

リンドウの目《め》の前《まえ》で、クラスメイトの香月《かつき》ユウタと不二《ふじ》ケイジが何《なに》やら興奮気味《こうふんぎみ》に話《はな》している。

あんな話《はなし》を誰彼構《だれかれかま》わず話《はな》しているのかとリンドウは呆《あき》れたが、転校生《てんこうせい》が早《はや》くクラスに馴染《なじ》もうと作《つく》り話《ばなし》をしてしまう気持《きも》ちもわからなくはないとため息《いき》をついた。

「ユウタくん、ケイジくん。本当《ほんとう》にそんな話《はなし》を信《しん》じているのかい？　まあ、たしかに不老《ふろう》不死《ふし》と言《い》われても証明《しょうめい》のしようがないわけで、信《しん》じる人《ひと》がいても不思議《ふしぎ》ではないが……」

哀《あわ》れむような目《め》でふたりを見《み》たリンドウだったが、ケイジは激《はげ》しく首《くび》を横《よこ》に振《ふ》った。

「いや、違《ちが》うっての！　あいつ、二限目《にげんめ》の休《やす》み時間《じかん》にさ、証拠《しょうこ》を見《み》せるって言《い》って自分《じぶん》の腕《うで》をカッターナイフで切《き》ったんだよ。そしたらどうなったと思《おも》う？」

「そんなことを学校《がっこう》でしたのか。なぜ病院《びょういん》に行《い》か――」

「なんと傷《きず》が治《なお》ったんだよ！　まるで逆再生《ぎゃくさいせい》みたいにさ！」

リンドウの発言《はつげん》などどうでもいいと言《い》わんばかりに、ケイジは興奮気味《こうふんぎみ》に語《かた》った。

しかし、見《み》たというのがケイジだけでは、それを信《しん》じるのは難《むずか》しいだろう。話《はなし》をしていたユウタでさえ、傷《きず》が治《なお》ったという部分《ぶぶん》には懐疑的《かいぎてき》だ。

「それ、本当《ほんとう》かよ？　なーんかそこまで話《はなし》がぶっ飛《と》ぶと疑《うたが》っちまうな」

「な、なんだよ！　俺《おれ》が嘘《うそ》をついてるとでも言《い》うのか!?　嘘《うそ》じゃねぇよ！　じゃあ証拠《しょうこ》を見《み》せてやる！」

疑《うたが》われ、怒《おこ》ったケイジがふたりから離《はな》れ、アキのもとへ向《む》かった。そして、リンドウたちを指差《ゆびさ》して何《なに》かを頼《たの》んでいる。

そして、戻《もど》ってきたケイジはニヤニヤと笑《わら》いながら口《くち》を開《ひら》く。

「お前《まえ》ら来《こ》いよ。俺《おれ》が嘘《うそ》を言《い》ってないって、証明《しょうめい》してやるから」

その言葉《ことば》にふたりは顔《かお》を見合《みあ》わせた。

証明《しょうめい》と言《い》われると、この状況《じょうきょう》で思《おも》い浮《う》かぶのはひとつである。

アキを傷《きず》つけることだ。

奇妙《きみょう》な出来事《できごと》に興味《きょうみ》があり、大概《たいがい》の怪奇現象《かいきげんしょう》には首《くび》を突《つ》っ込《こ》むリンドウだったが、いざ自分《じぶん》が人《ひと》を傷《きず》つける可能性《かのうせい》があるとなれば話《はなし》は別《べつ》だった。

「どうやって証明《しょうめい》するつもりなんだ、ケイジくん」

「あ？　決《き》まってんだろ？　不老不死《ふろうふし》なうえに、傷《きず》まで治《なお》るところを見《み》せてもらうんだよ。俺《おれ》の言《い》ってることが嘘《うそ》じゃないってわかったら謝《あやま》れよ、お前《まえ》ら」

嫌《いや》な予感《よかん》は的中《てきちゅう》したようだ。

いくら不老不死《ふろうふし》で怪我《けが》もすぐに治《なお》ると言《い》われても、それを証明《しょうめい》するとなればあまり見《み》たいものではない。

だが、強引《ごういん》なケイジに連《つ》れられてやってきた屋上《おくじょう》のドアの前《まえ》。

屋上《おくじょう》へ続《つづ》く階段《かいだん》にまつわる怪談《かいだん》があるのだが、そんなことはお構《かま》いなしにアキとリンドウたちを前《まえ》に、なぜかケイジが誇《ほこ》らしげに語《かた》り始《はじ》める。

「いやあ、いきなり『私《わたし》は人魚《にんぎょ》の肉《にく》を食《た》べて不老不死《ふろうふし》になったの』とか言《い》われたときは、やべぇヤツが転校《てんこう》してきたと思《おも》ったけどさ、まさか俺《おれ》のほうが間違《まちが》ってたとはな。なあ八《や》尾《お》、また見《み》せてくれよアレ」

そう言《い》ってケイジは、学《がく》ランのポケットからカッターナイフを取《と》り出《だ》してアキに手渡《てわた》す。

しかし、その行動《こうどう》にリンドウとユウタは戸惑《とまど》う。いくら傷《きず》が治《なお》ると言《い》っても、今《いま》ここで身体《からだ》を傷《きず》つけろというのは、理不尽《りふじん》な要求《ようきゅう》ではないか。

「お、おい。それはいくらなんでも無茶苦茶《むちゃくちゃ》だぜ。ほら見《み》てみろよ、八《や》尾《お》だって困《こま》ってるじゃねぇかよ」

「僕《ぼく》も反対《はんたい》だ。こんなところを先生《せんせい》に見《み》られたりしたら、僕《ぼく》まで傷害罪《しょうがいざい》の共犯《きょうはん》にされてしまうじゃないか。興味《きょうみ》がないわけではないが……とても信《しん》じられない」

ふたりはケイジの行動《こうどう》に異論《いろん》を唱《とな》え、なんとか馬鹿《ばか》なことは止《と》めようとした。だが、アキはそんなふたりを嘲笑《あざわら》うかのように口《くち》を開《ひら》く。

「これで切《き》るだけでいいの？　『不老不死《ふろうふし》』だって言《い》ったでしょ？　こんな物《もの》より、こっちで私《わたし》を刺《さ》してみない？」

そう言《い》って、どこからか小刀《こがたな》を取《と》り出《だ》した。

ギョッとして後退《あとずさ》りをしたリンドウとユウタをよそに、それを手渡《てわた》されたケイジはゴクリと唾《つば》を飲《の》んだ。

ごく短《みじか》い時間《じかん》だが、本当《ほんとう》に刺《さ》すべきかどうかを考《かんが》えたのだろう。

しかしすぐに鞘《さや》に納《おさ》められた小刀《こがたな》を引《ひ》き抜《ぬ》いたのだ。

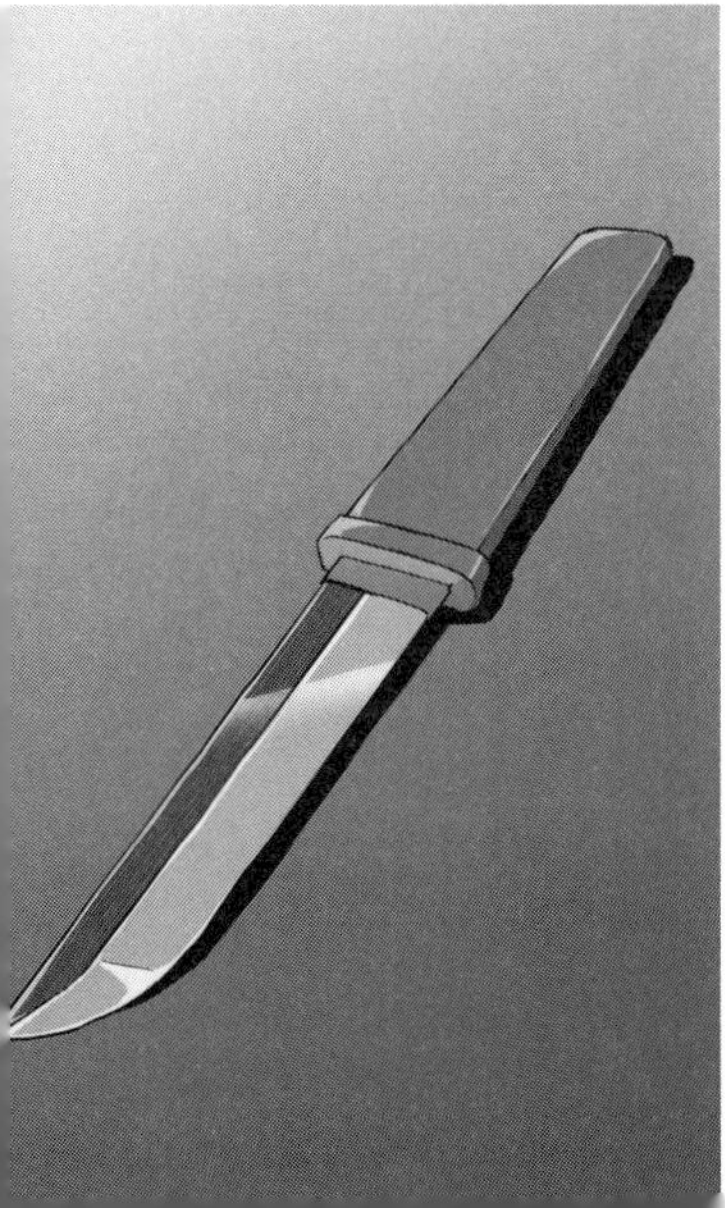

「よ、よし、俺《おれ》は嘘《うそ》を言《い》ってねえって証明《しょうめい》してやる！　本当《ほんとう》に傷《きず》が治《なお》ったのを見《み》たんだ！
俺《おれ》は見《み》たんだ！」
「ま、待《ま》て待《ま》てケイジ！　お前《まえ》の言《い》ったことは信《しん》じる！　信《しん》じるからやめろ！　明《あき》らかに
ヤバいってこれ！」
こうなるとは思《おも》わなかっただろうが、あとには引《ひ》けなくなったケイジはアキを見《み》た。ユ
ウタの制止《せいし》も聞《き》かず、強《つよ》く小刀《こがたな》を握《にぎ》り締《し》めながら。
これはまずいと感《かん》じたリンドウだったが、ケイジを制止《せいし》するよりも気《き》になったのは、こ
の奇妙《きみょう》な出来事《できごと》は背後《はいご》に怪人《かいじん》ミラーがいるのではないかということだ。
周囲《しゅうい》を見回《みまわ》すが、そんなところにいるはずがないこともわかっていた。
そんなことをしている間《あいだ》に、アキがニヤニヤと笑《え》みを浮《う》かべながらセーラー服《ふく》の裾《すそ》を捲《まく》
り上《あ》げ、細《ほそ》く白《しろ》い腹部《ふくぶ》を露出《ろしゅつ》させる。
「いつでもどうぞ。安心《あんしん》して。私《わたし》は死《し》なないから」
リンドウとユウタは目《め》を疑《うたが》った。
いや、なかばヤケクソになってアキの腹部《ふくぶ》を刺《さ》し、そこから噴《ふ》き出《だ》した血《ち》を浴《あ》びて腰《こし》を

抜《ぬ》かしたケイジでさえ、目《め》の前《まえ》の光景《こうけい》に呆気《あっけ》に取《と》られた。

「だから言《い》ったでしょ。私《わたし》は不老不死《ふろうふし》なの。どれだけひどい怪我《けが》をしても、溺《おぼ》れても、小《こ》間切《まぎ》れにされてもね」

小刀《こがたな》が刺《さ》さり、穴《あな》が空《あ》いた腹部《ふくぶ》から血《ち》が噴出《ふんしゅつ》している。

いや、そう見《み》えたが違《ちが》う。一度《いちど》腹《はら》の穴《あな》から飛《と》び出《だ》した血《ち》が、まるで逆再生《ぎゃくさいせい》のように傷口《きずぐち》へ戻《もど》っているではないか。

ケイジが浴《あ》びた血《ち》でさえも、何事《なにごと》もなかったかのように綺麗《きれい》な姿《すがた》になったのだった。

そして、傷口《きずぐち》が小《ちい》さくなっていき、三人《さんにん》の目《め》の前《まえ》で完全《かんぜん》に傷《きず》は消《き》える。腰《こし》を抜《ぬ》かしているケイジが引《ひ》きつった笑《え》みを浮《う》かべて、見上《みあ》げた。

「ほ、ほ、ほほほほ、ほら見《み》たかよ！　俺《おれ》は嘘《うそ》を言《い》ってないってわかっただろ！　だから言《い》ったんだ！」

もしも傷《きず》が治《なお》らなかったら間違《まちが》いなく警察沙汰《けいさつざた》になっていた。そんな中《なか》でアキの怪我《けが》が治《なお》ったのだから、安堵《あんど》もするだろう。

「す、すげえ……楠木《くすのき》、見《み》たよな今《いま》の」

「あ、ああ……だがこれは……本当《ほんとう》に不死《ふし》だというのか」

混乱状態《こんらんじょうたい》のふたりを尻目《しりめ》に、アキはさらに信《しん》じられないことをつぶやいたのだ。

「私《わたし》が死《し》なないとわかったところでお願《ねが》いがあるんだけど。誰《だれ》でも構《かま》わないから……私《わたし》を殺《ころ》して」

そのあと、リンドウは理解《りかい》が追《お》いつかずに教室《きょうしつ》へ戻《もど》った。

アキの怪我《けが》が完治《かんち》することも理解《りかい》できなかったが、自分《じぶん》を殺《ころ》せと言《い》うアキも、何《なに》をしても死《し》なないとわかったケイジとユウタの盛《も》り上《あ》がり方《かた》もだ。

その直後《ちょくご》から、アキは何度《なんど》もふたりに刺《さ》されることとなった。だが案《あん》の定《じょう》アキが死《し》ぬことはなく、ふたりの行為《こうい》は徐々《じょじょ》にエスカレートし始《はじ》めたのだった。

五限目《ごげんめ》の授業《じゅぎょう》が始《はじ》まってもリンドウは頭《あたま》を悩《なや》ませていた。

アキの不老不死《ふろうふし》とはなんなのだろうか。

単純《たんじゅん》に考《かんが》えれば、歳《とし》をとらないし死《し》ぬこともないということだが、リンドウのイメージと先《さき》ほどの現象《げんしょう》には食《く》い違《ちが》いがあった。

死《し》なない……というよりは、逆再生《ぎゃくさいせい》という言葉《ことば》がピタリと当《あ》てはまる。

「そうか……怪我《けが》をしても、身体《からだ》は怪我《けが》をする前《まえ》に戻《もど》る。常《つね》に今《いま》の状態《じょうたい》を維持《いじ》し続《つづ》けているから、永遠《えいえん》に歳《とし》をとらないということか……？」

あくまでも推測《すいそく》だが、状況《じょうきょう》からそうとしか考《かんが》えられないのだ。

ケイジが浴《あ》びた血《ち》でさえも、「今《いま》のなし！」と言《い》わんばかりに肌《はだ》や学《がく》ランから離《はな》れてアキの腹部《ふくぶ》の傷口《きずぐち》に戻《もど》っていったのだから。

つまりアキは、時間《じかん》の流《なが》れから取《と》り残《のこ》されたイレギュラーな存在《そんざい》だと言《い》える。

リンドウは隣《となり》の席《せき》のアキに目《め》を向《む》ける。すると、まるでそうなることがわかっていたかのようにアキは視線《しせん》を合《あ》わせ、立《た》てた人差《ひとさ》し指《ゆび》を唇《くちびる》に当《あ》てて「シーッ」と小《ちい》さく息《いき》を吐《は》いた。

すべてを見透《みす》かされているような行動《こうどう》に、リンドウは気味《きみ》の悪《わる》いものを感《かん》じた。今《いま》まで遭遇《そうぐう》した悪霊《あくりょう》や怪物《かいぶつ》に対《たい》するほどの嫌悪感《けんおかん》はないが、悪寒《おかん》を感《かん》じるには十分《じゅうぶん》なものだ。

何《なに》をしても死《し》なないアキが死《し》にたい理由《りゆう》はなんなのだろう。

殺《ころ》してくれと人《ひと》に頼《たの》まなければならないことなのか。

いや、考《かんが》えるまでもないだろう。

アキが知《し》っている人《ひと》たちは時間《じかん》の流《なが》れ通《どお》りに老《お》いるのに、アキは何《なに》も変《か》わらず十四歳《じゅうよんさい》の姿《すがた》のまま。

おそらく刃物《はもの》で心臓《しんぞう》を突《つ》き刺《さ》しても、ビルの屋上《おくじょう》から落《お》ちても、首《くび》を刎《は》ねたとしても次《つぎ》の瞬間《しゅんかん》には元通《もとどお》りになっている。毒《どく》を飲《の》んでも、毒《どく》が効《き》くよりも早《はや》く身体《からだ》は元《もと》に戻《もど》っていくのだろう。

百年《ひゃくねん》もの間《あいだ》、時間《じかん》の流《なが》れから外《はず》れて、永遠《えいえん》に死《し》ぬことができない苦《くる》しみがあるのだろう。誰《だれ》もが若《わか》くありたい、死《し》にたくないと望《のぞ》む一方《いっぽう》で、アキはそれに羨望《せんぼう》の眼差《まなざ》しを向《む》けているのだ。

いつか死《し》ねることを期待《きたい》しながらも、人魚《にんぎょ》の肉《にく》を食《た》べてしまったことによって、その期《き》待《たい》は裏切《うらぎ》られ続《つづ》けるという現実《げんじつ》を悲観《ひかん》しているのかもしれない。

どうやらアキは放課後《ほうかご》になるまで、休《やす》み時間《じかん》のたびにケイジとユウタに自分《じぶん》の身体《からだ》を傷《きず》つけさせたようだった。

放課後《ほうかご》、いつもの学帽《がくぼう》とマントを装着《そうちゃく》したリンドウは傷《きず》が消《き》えるとなれば傷害罪《しょうがいざい》には問《と》われないのかと図書室《としょしつ》で考《かんが》えていた。

「どうしたの、リンドウ。今日《きょう》はやけに難《むずか》しい顔《かお》をしているけど」

「そんな顔《かお》をしているかな、カナデくん。いや、実《じつ》は転校生《てんこうせい》が僕《ぼく》のクラスにやってきてね。……決《けっ》して僕《ぼく》の頭《あたま》がおかしくなったわけではないとだけ、先《さき》に言《い》っておくよ」

アキが人魚《にんぎょ》の肉《にく》を食《た》べて不老不死《ふろうふし》であること、百年生《ひゃくねんい》きていると言《い》っていること、そして小刀《こがたな》で刺《さ》しても時間《じかん》が巻《ま》き戻《もど》ったかのように傷《きず》が消《き》えて元通《もとどお》りになることを話《はな》した。だが、やはりと言《い》うべきか、当然《とうぜん》カナデは懐疑的《かいぎてき》だった。

こんな話《はなし》をすれば、頭《あたま》がおかしいと思《おも》うか、くだらない嘘《うそ》をついているとでも呆《あき》れるだろうが、そこはさすが怪奇研究会《かいきけんきゅうかい》と言《い》ったところか。

「なるほどね。それは悩《なや》む理由《りゆう》もわかるわ。不老不死《ふろうふし》で傷《きず》もすぐに治《なお》るというのが本当《ほんとう》だとして、どうしてそれを周囲《しゅうい》に言《い》いふらしているのか……私《わたし》はそこがわからない」

「まさにそこなのだよカナデくん。あれではまるで……ロアンくんはどう思《おも》う。意見《いけん》を聞《き》かせて……」

いつものように左側《ひだりがわ》に座《すわ》る人物《じんぶつ》に問《と》いかけたリンドウだったが、そこに「ロアン」なる人物《じんぶつ》はいなかった。彼《かれ》が消《き》えてからしばらく経《た》ったが、まだその環境《かんきょう》に慣《な》れていない。

「そうか……ロアンくんはいなかったな。カナデくんが言《い》ったように、不老不死《ふろうふし》であろうが、一瞬《いっしゅん》で傷《きず》が治《なお》ろうが、そんなものは黙《だま》っているべきなんだ。それが多《おお》くの人《ひと》の耳《みみ》に入《はい》れば、アキくん自身《じしん》が異端《いたん》な存在《そんざい》として排除《はいじょ》されかねない。それだけならまだしも、話《はなし》が大《おお》きくなればどこかの研究機関《けんきゅうきかん》に連《つ》れていかれる可能性《かのうせい》だってあるんじゃないか」

歴史上《れきしじょう》、不老不死《ふろうふし》の研究《けんきゅう》というのは古来《こらい》よりされてきた。中《なか》には猛毒《もうどく》を不老不死《ふろうふし》の薬《くすり》と

信《しん》じ、服用《ふくよう》していた権力者《けんりょくしゃ》もいたのだ。

「連《つ》れていかれない自信《じしん》があるのか、それとも周囲《しゅうい》にそう言《い》わなければならない理由《りゆう》があるのか……」

「ふむ、そうだね。ケイジくんとユウタくんはまるで玩具《おもちゃ》を手《て》にした子《こ》どものように、アキくんを小刀《こがたな》で刺《さ》していた。アキくんは百年《ひゃくねん》も生《い》きて、もう死《し》にたいのかと思《おも》っていたが……」

アキの本心《ほんしん》がわからなければ、他人《たにん》であるリンドウとカナデがどれだけ考《かんが》えても答《こた》えなど出《で》ない。

これまでの不可解《ふかかい》な出来事《できごと》には必《かなら》ず怪人《かいじん》ミラーが暗躍《あんやく》していたが、今回《こんかい》も関係《かんけい》しているのだろうかとリンドウは考《かんが》えた。


〜翌日《よくじつ》〜

その変化《へんか》はリンドウの目《め》に明《あき》らかに映《うつ》り、顔《かお》を引《ひ》きつらせて目《め》の前《まえ》の人物《じんぶつ》を見《み》た。

「よお。なんだよ楠木《くすのき》。お前《まえ》も俺《おれ》がおかしいとか言《い》い出《だ》すつもりか？　あ？」

たった一日《いちにち》でどれだけ老《ふ》けたんだと言《い》いたくなるくらい病的《びょうてき》な顔色《かおいろ》のケイジが睨《にら》んでくる。

その攻撃的《こうげきてき》な眼差《まなざ》しに、背筋《せすじ》に冷《つめ》たいものが走《はし》って息《いき》を呑《の》む。

いや、ケイジだけではない。ユウタもまた恐《おそ》ろしいほどにやつれていたのだ。

「い、いや……ケイジくんが元気《げんき》なら僕《ぼく》は何《なに》も言《い》うことはないよ」

「そうかよ……悪《わる》かったな、ちょっと気《き》が立《た》ってるんだよ」

空気《くうき》を読《よ》まずに発言《はつげん》することが多《おお》いリンドウが、身《み》の危険《きけん》を感《かん》じて発言《はつげん》を控《ひか》えるほどに、ケイジの雰囲気《ふんいき》は異様《いよう》だった。

何《なに》が起《お》こっているのかと考《かんが》えを巡《めぐ》らせながら席《せき》に着《つ》くが、このふたりに関係《かんけい》することと言《い》えばひとつしかない。

「おはよう」

小《ちい》さな声《こえ》が教室《きょうしつ》の入口《いりぐち》から聞《き》こえると、ケイジとユウタは待《ま》ってましたとばかりに立《た》ち上《あ》がり、アキへ歩《あゆ》み寄《よ》ったのだった。

三人《さんにん》で何《なに》やら小声《こごえ》で話《はな》している。おそらく今日《きょう》もまたアキを殺《ころ》す話《はなし》だろうと予測《よそく》がついたが、さすがにこのまま黙《だま》って見《み》ているわけにはいかなかった。

荷物《にもつ》を置《お》いて、昨日《きのう》と同《おな》じように教室《きょうしつ》を出《で》ていった三人《さんにん》。

どこに行《い》くかわかっていたリンドウは慌《あわ》てて立《た》ち上《あ》がり、こっそりと三人《さんにん》のあとを追《お》う。

教室《きょうしつ》を出《で》て、廊下《ろうか》を歩《ある》いていると、やはり屋上《おくじょう》へ続《つづ》く階段《かいだん》へ向《む》かっていることがわかった。

「学校《がっこう》が終《お》わってから僕《ぼく》が知《し》らない何《なに》かがあったのか……それとも……」

気《き》づかれないようにゆっくりと階段《かいだん》を上《あ》がり、三人《さんにん》の姿《すがた》を捉《とら》えられるギリギリのところで様子《ようす》を窺《うかが》う。

「は、早《はや》く、早《はや》くさせてくれよ。家《いえ》に帰《かえ》ってから我慢《がまん》できなくなってさ、自分《じぶん》の腕《うで》を切《き》っても違《ちが》うんだよ！　八尾《やお》じゃないとダメなんだよ！」

そう言《い》ってケイジが学《がく》ランの袖《そで》を捲《まく》り上《あ》げると、腕《うで》には包帯《ほうたい》が。

「ああ、俺《おれ》もだ。全然違《ぜんぜんちが》うんだよ。八尾《やお》じゃないとダメなんだよ。頼《たの》むから早《はや》く刺《さ》させてくれよ！」

ユウタの腕《うで》にもまた、ケイジと同《おな》じように包帯《ほうたい》が巻《ま》かれている。

普段《ふだん》できないことをやり興奮《こうふん》して何度《なんど》もやりたくなるのはリンドウにも理解《りかい》はできたが、このふたりの症状《しょうじょう》は中毒《ちゅうどく》に近《ちか》いのではないか。

傷《きず》が治《なお》るならば、刺《さ》したという証拠《しょうこ》が消滅《しょうめつ》する。罪悪感《ざいあくかん》はまったくないのだろう。

「何《なに》をしているのかと思《おも》ったら、あれが転校生《てんこうせい》の八尾《やお》アキさん？　あ、刺《さ》されたわね」

耳元《みみもと》で聞《き》こえた声《こえ》に少《すこ》し驚《おどろ》くが、その声《こえ》の主《ぬし》がカナデだということはわかり、三人《さんにん》から視線《しせん》を逸《そ》らさずに見続《みつづ》けた。

「あああっ。きんもちぃぃぃぃぃぃぃぃぃぃっ！　これだよこれぇぇっ！　天《てん》にも昇《のぼ》る思《おも》いだぜぇえっ！」

小刀《こがたな》でアキの胸《むね》を刺《さ》したケイジが、声《こえ》を裏返《うらがえ》らせてうれしそうに叫《さけ》ぶが、その光景《こうけい》は異《い》様《よう》そのもの。何度《なんど》も何度《なんど》も胸《むね》を突《つ》き刺《さ》し、傷口《きずぐち》と口《くち》から出《で》る血《ち》を全身《ぜんしん》に浴《あ》びて恍惚《こうこつ》の表《ひょう》情《じょう》を浮《う》かべる。

「昨日《きのう》は腹部《ふくぶ》だったのに、容赦《ようしゃ》なく心臓《しんぞう》を刺《さ》すとは……」

「リンドウ、これ本当《ほんとう》に大丈夫《だいじょうぶ》なの？　警察《けいさつ》を呼《よ》ばなくてもいいの？」

カナデがそう言《い》うものだから、首《くび》を横《よこ》に振《ふ》って階段《かいだん》の上《うえ》を指差《ゆびさ》した。

ケイジを包《つつ》み込《こ》む赤《あか》い液体《えきたい》がぬらりと不気味《ぶきみ》に光《ひか》っている。

アキはさすがに心臓《しんぞう》を刺《さ》されたからか、壁《かべ》に背《せ》を付《つ》けて力《ちから》なく項垂《うなだ》れていた。

だが次《つぎ》の瞬間《しゅんかん》、リンドウが昨日《きのう》見《み》た現象《げんしょう》が起《お》こる。

まるで逆再生《ぎゃくさいせい》でもしているかのように、ケイジの身体《からだ》から血《ち》が離《はな》れてアキへと還《かえ》っていったのだ。

それを見《み》たカナデは信《しん》じられないといった目《め》を向《む》ける。

「見《み》ただろうカナデくん。彼女《かのじょ》が人魚《にんぎょ》の肉《にく》を食《た》べて不老不死《ふろうふし》になったというアキくんだ。アキくんが頼《たの》んだとは言《い》え、まさか本当《ほんとう》に殺《ころ》そうとするとは……それでも殺《ころ》せないようだが」

リンドウがそこまで言《い》った直後《ちょくご》、カナデは小《ちい》さく首《くび》を横《よこ》に振《ふ》った。

「リンドウ、止《と》めないとダメ。あれは……傷《きず》が治《なお》ってるとか不老不死《ふろうふし》だとか、そんなもんじゃない」

「何《なに》？　それは一体《いったい》どういう……」

ふたりで話《はな》している間《あいだ》にも、ユウタがケイジの手《て》から小刀《こがたな》を奪《うば》い取《と》り、まるで取《と》り憑《つ》かれたかのように何度《なんど》も何度《なんど》もアキにそれを突《つ》き立《た》てた。

腹《はら》や胸《むね》はもちろん、首《くび》に目《め》、こめかみにも刃《は》を刺《さ》し、殺害《さつがい》することが目的《もくてき》のような動《うご》きだ。

アキはガクガクと痙攣《けいれん》し、血《ち》が噴《ふ》き出《だ》して倒《たお》れるが、またもや時間《じかん》が巻《ま》き戻《もど》ったようにそれはアキへ還《かえ》っていった。

「やっぱり。どうしてわざわざほかの人《ひと》に不老不死《ふろうふし》だなんて言《い》ったのか、死《し》なないのに自《じ》分《ぶん》を殺《ころ》させようとしたのか、わかった気《き》がする」

カナデがそうつぶやいたときだった。

アキが階段《かいだん》の途中《とちゅう》にいるふたりに気《き》づき、ケイジたちを押《お》し退《の》けて階段《かいだん》を下《お》りてきた。

「あなたも私《わたし》を殺《ころ》す気《き》になってくれたの？　そうでないのなら、止《と》めようなんて思《おも》わないでね。だって、私《わたし》たちはただ話《はなし》をしていただけ。誰《だれ》も傷《きず》ついていないし、その証拠《しょうこ》もないんですもの」

リンドウの耳元《みみもと》でそれだけをつぶやき、何事《なにごと》もなかったかのように教室《きょうしつ》へ戻《もど》っていったのだった。

「くっそー、また殺《ころ》せなかったか。死《し》なないってのは本当《ほんとう》みたいだな」

「でも俺《おれ》が殺《ころ》してみせるぜ。きっと一秒間《いちびょうかん》に十六回《じゅうろっかい》くらい刺《さ》せば殺《ころ》せるんじゃねぇの？」

とても中学生《ちゅうがくせい》が話《はな》すような内容《ないよう》ではないことをふたりは言《い》い合《あ》いながら、視線《しせん》をフラフラと泳《およ》がせ階段《かいだん》を下《お》りてくる。

口《くち》からはヨダレが垂《た》れ、明《あき》らかに先《さき》ほどよりもおかしい状態《じょうたい》だというのに、その表情《ひょうじょう》はなぜか晴《は》れやかだった。

ふたりはリンドウなど目《め》に入《はい》らないようで、足取《あしど》りもおぼつかないまま教室《きょうしつ》へ向《む》かう。

そんな異常《いじょう》な姿《すがた》は、カナデでなくとも危険《きけん》な状態《じょうたい》だというのがわかる。

「カナデくん、一体何《いったいなに》を見《み》たんだ。アキくんの傷《きず》が治《なお》るときに、何《なに》かに気《き》づいたようだったが」

「人魚《にんぎょ》の肉《にく》を食《た》べたから不老不死《ふろうふし》になったって聞《き》いたけど、あれはそれだけで完結《かんけつ》するものじゃない。血《ち》が八尾《やお》さんに戻《もど》るときに一緒《いっしょ》にあのふたりの生気《せいき》まで吸《す》い取《と》ってた……ように見《み》えたわ」

カナデの発言《はつげん》が真実《しんじつ》だとするならば、アキに刃《やいば》を突《つ》き立《た》て返《かえ》り血《ち》を浴《あ》びるたび、ふたり

がやつれていくのも理解《りかい》できる。

次《つぎ》の休《やす》み時間《じかん》もふたりはアキを刺《さ》し、そして血《ち》を浴《あ》びてますますやつれてしまう。元通《もとどお》りになったのはアキだけで、ふたりは生気《せいき》を吸《す》われてもはや死《し》ぬ間際《まぎわ》の老人《ろうじん》のようにやせ細《ほそ》り、異様《いよう》に老《ふ》けて見《み》えた。

事《こと》が済《す》んで教室《きょうしつ》に戻《もど》ろうとしたアキを待《ま》ち伏《ぶ》せていたリンドウは視線《しせん》を合《あ》わせて、口《くち》を開《ひら》く。

「アキくん。キミが不老不死《ふろうふし》だというのはわかった。いや、正《ただ》しくはそうではないな。これは僕《ぼく》の推測《すいそく》だが、アキくんを傷《きず》つけて返《かえ》り血《ち》を浴《あ》びた者《もの》から生気《せいき》を奪《うば》う。その生気《せいき》を吸《す》って、若《わか》さと命《いのち》を保《たも》っている……違《ちが》うかな？」

突然《とつぜん》のリンドウの発言《はつげん》に驚《おどろ》いたアキだったが、すぐに微笑《ほほえ》みを浮《う》かべて「ふーん」と感《かん》心《しん》したように唸《うな》った。

「言《い》っていることは正解《せいかい》。だけどそれがすべてじゃないよ。でもおかしいな、楠木《くすのき》くんってそういうことに気《き》づかないタイプだと思《おも》ったのに」

リンドウさえもケイジたちと同《おな》じように生《せい》気《き》を吸《す》う獲物《えもの》にできると思《おも》っていたのだろう、アキはムッとした表情《ひょうじょう》を浮《う》かべた。

「でも残念《ざんねん》。楠木《くすのき》くんはどうあっても私《わたし》を殺《ころ》そうとか思《おも》わないよね。不老不死《ふろうふし》だから殺《ころ》してほしい……って聞《き》いて、私《わたし》が死《し》にたがってるとか思《おも》った？」

そう言《い》われて、今《いま》まで考《かんが》えていたことと、実際《じっさい》に起《お》きていることの矛盾《むじゅん》にリンドウは目《め》を細《ほそ》めた。

「死《し》にたいと思《おも》っているから殺《ころ》してくれと頼《たの》んだ……いや、だとすると返《かえ》り血《ち》を浴《あ》びた人《ひと》から生気《せいき》を奪《うば》って不老不死《ふろうふし》を継続《けいぞく》しているのはおかしい。アキくん、キミは死《し》にたいとは

思《おも》ってないということか」

そうリンドウが尋《たず》ねると、アキは満面《まんめん》の笑《え》みを浮《う》かべた。

「もちろん。私《わたし》は生《い》きる。何百年《なんびゃくねん》でも何千年《なんぜんねん》でも。だけど楠木《くすのき》くんに私《わたし》は止《と》められないでしょ？　それにね、私《わたし》は何《なに》もしていないの。何《なに》かをしている証拠《しょうこ》がないの。だから誰《だれ》も私《わたし》を裁《さば》けないし、罰《ばっ》せない。私《わたし》は殺意《さつい》とともに刺《さ》されているの。殺意《さつい》が強《つよ》ければ強《つよ》いほど、私《わたし》は上質《じょうしつ》の生《せい》を得《え》られるのよ」

アキの言《い》う通《とお》りだった。

ふたりに刺《さ》してもらっているから犯罪《はんざい》だというのはあまりにも暴論《ぼうろん》で頭《あたま》がおかしい言《い》い分《ぶん》だろう。たとえ警察《けいさつ》にアキを突《つ》き出《だ》したところで何《なに》も証拠《しょうこ》がない。それどころかアキはケイジとユウタに刺《さ》されている被害者《ひがいしゃ》だ。

「だから私《わたし》は、楠木《くすのき》くんが何《なに》をしようと構《かま》わない。私《わたし》にとっては、道《みち》に転《ころ》がってる小石程《こいしてい》度《ど》の障害《しょうがい》でしかないから。そうやって百年《ひゃくねん》の間《あいだ》、生《い》きてきたのよ」

そう耳打《みみう》ちしたアキは、笑顔《えがお》のまま教室《きょうしつ》へ入《はい》っていった。

笑顔《えがお》で優《やさ》しく語《かた》ってはいたが、なんと恐《おそ》ろしい声《こえ》か。生気《せいき》を奪《うば》われた人《ひと》たちの怨念《おんねん》が口《くち》から発《はっ》せられているかのような錯覚《さっかく》さえ覚《おぼ》えて、リンドウは身震《みぶる》いをせざるを得《え》なかった。

教室《きょうしつ》に戻《もど》り、授業中《じゅぎょうちゅう》もずっと考《かんが》えていた。

ノートは取《と》っているものの、頭《あたま》の中《なか》は完全《かんぜん》にアキのことだけ。

(殺意《さつい》が強《つよ》ければ、上質《じょうしつ》の生《せい》となる……だからアキくんは不老不死《ふろうふし》であることを明《あ》かし、殺《ころ》してくれと頼《たの》んだのか。死《し》なないとわかれば、なんとしてでも殺《ころ》そうとするから。だが、途中《とちゅう》で怖《こわ》くなってやめようとする人《ひと》もいたはずだが……そうならなかったのは、あの中毒《ちゅうどく》性《せい》ということか。それならば最初《さいしょ》はどう説明《せつめい》する。殺意《さつい》などなく、ただパフォーマンス的《てき》に見《み》せていた最初《さいしょ》の傷《きず》は。蓄積《ちくせき》していた生《せい》を消費《しょうひ》したと考《かんが》えるべきか)

ノートの隅《すみ》に、コップのような絵《え》と目盛《めも》りを描《か》いて、今《いま》までに起《お》こったことをまとめている。

順《じゅん》を追《お》って考《かんが》えるとこうだ。

仮《かり》にアキの生命力《せいめいりょく》が「三《さん》」として、パフォーマンスで「一《いち》」消費《しょうひ》して傷《きず》を治《なお》したとする。

そこで「私《わたし》を殺《ころ》して」と言《い》って、次《つぎ》からは殺意《さつい》を持《も》って刺《さ》させる。

殺意《さつい》を帯《お》びた一撃《いちげき》で噴出《ふんしゅつ》した血《ち》を浴《あ》びせたあと、ようやく生命力《せいめいりょく》「一《いち》」を回収《かいしゅう》するわけだ。

もしかすると、この返《かえ》り血自体《ちじたい》に中毒《ちゅうどく》を引《ひ》き起《お》こす何《なに》かが含《ふく》まれているのではないか。たった一度《いちど》だけ刺《さ》して終《お》わってしまえば、プラスマイナス0となって何《なに》も得《とく》がない。一度罠《いちどわな》にかかれば、死《し》ぬまで生気《せいき》を提供《ていきょう》し続《つづ》けることになるのだ。

いや、生命力《せいめいりょく》を「一《いち》」どころか、一度《いちど》で「二《に》」や「三《さん》」吸《す》って増《ふ》やしている可能性《かのうせい》が高《たか》い。そうでなければ最初《さいしょ》のパフォーマンスで消費《しょうひ》するだけになってしまう。

現実《げんじつ》が、非現実《ひげんじつ》に変《か》わる感覚《かんかく》。

昨日《きのう》まで普通《ふつう》の生活《せいかつ》をしていたのに、奇妙《きみょう》な転校生《てんこうせい》のせいでおかしな世界《せかい》に迷《まよ》い込《こ》んでしまったような気《き》さえする。

いや、それはリンドウだけが感《かん》じるものなのだろう。ほかのクラスメイトはいつも通《どお》り授業《じゅぎょう》を受《う》けていて、休《やす》み時間《じかん》になれば友達《ともだち》と楽《たの》しそうに話《はな》している。

日常《にちじょう》の中《なか》にある奇怪《きかい》に触《ふ》れてしまったからこそ、そう感《かん》じるのだろう。

そんなことを考《かんが》えていると、ケイジが立《た》ち上《あ》がり、教室《きょうしつ》の入口《いりぐち》に向《む》かってヨロヨロと歩《ある》き出《だ》す。

授業中《じゅぎょうちゅう》の突然《とつぜん》の行為《こうい》に、先生《せんせい》もクラスメイトも目《め》を丸《まる》くしてただ見《み》ているだけ。

その中《なか》でアキが立《た》ち上《あ》がり、手《て》を挙《あ》げて発言《はつげん》した。

「先生《せんせい》、不二《ふじ》くんが体調《たいちょう》が悪《わる》そうなので、保健室《ほけんしつ》に連《つ》れていきます」

「え、ああ。じゃ、じゃあ八尾《やお》さんお願《ねが》いします」

先生《せんせい》が言《い》うより早《はや》くアキはケイジに近《ちか》づき、小声《こごえ》で何《なに》やら話《はな》すと教室《きょうしつ》を出《で》ていった。

「優《やさ》しいわね八尾《やお》さん。不二《ふじ》くん、何《なん》だかやつれて気持《きも》ち悪《わる》いのに」

「大人《おとな》っぽいし綺麗《きれい》だし、本当《ほんとう》に同級生《どうきゅうせい》？　ってくらいしっかりしてるよね」

アキを称《たた》える声《こえ》が教室中《きょうしつじゅう》から聞《き》こえるが、おそらくはまだ知《し》らないのだろう。

本当《ほんとう》に不老不死《ふろうふし》であることと、そのためにケイジたちを餌《えさ》にしていることを。


その日《ひ》、ケイジは帰《かえ》ってこなかった。

アキが言《い》うには、保健室《ほけんしつ》に行《い》くよりも家《いえ》に帰《かえ》ると言《い》ったケイジを家《いえ》の近《ちか》くまで送《おく》ったらしいが……その嘘《うそ》をリンドウは見抜《みぬ》いていた。

何事《なにごと》もなかったかのように給食《きゅうしょく》を食《た》べるアキに不気味《ぶきみ》なものを感《かん》じ、まるで地獄《じごく》の門《もん》でも開《ひら》く思《おも》いで尋《たず》ねてみる。

「……ケイジくんをどうした。家《いえ》に連《つ》れて帰《かえ》ったというのは嘘《うそ》だ。僕《ぼく》はこの席《せき》からぼんやりと校門《こうもん》のほうを見《み》ていたが、キミとケイジくんが出《で》ていったところを見《み》ていない」

「本当《ほんとう》に目《め》ざといわね。ここまでしつこい人《ひと》は初《はじ》めてよ。もしかして、私《わたし》に惚《ほ》れちゃった？　だからもっと私《わたし》のことを知《し》りたいとか？」

「残念《ざんねん》ながら僕《ぼく》が好《す》きな人《ひと》はもういないのでね。アキくんとは違《ちが》い、彼女《かのじょ》は生《い》きることに必死《ひっし》だった。断《だん》じて生《せい》を侮辱《ぶじょく》しているような人《ひと》ではなかった。質問《しつもん》に答《こた》えてくれないか。ケイジくんをどうした」

強《つよ》く、誘《さそ》うような眼差《まなざ》しを振《ふ》り払《はら》うように、リンドウは強《つよ》く言《い》い放《はな》った。

するとアキはニヤリと笑《え》みを浮《う》かべて、口《くち》に運《はこ》んだコッペパンをおもむろに舐《な》めて見《み》せる。そして口《くち》を開《ひら》き、艶《なまめ》かしくそれにかじりついたのだった。

「うん、おいしい」

「いい加減《かげん》に答《こた》え……いや、もういい」

思《おも》わず箸《はし》を置《お》いて立《た》ち上《あ》がりかけたリンドウだったが、何《なに》かに気《き》づいて首《くび》を横《よこ》に振《ふ》った。

給食《きゅうしょく》が終《お》わり、掃除《そうじ》の時間《じかん》。

リンドウとカナデは廊下《ろうか》から、教室《きょうしつ》を掃除《そうじ》しているアキを見《み》ながら、これからどうするべきかを相談《そうだん》していた。

「不気味《ぶきみ》ね。悪霊《あくりょう》や化《ば》け物《もの》とは違《ちが》って、無闇《むやみ》に襲《おそ》いかかってくるわけじゃない。ただ目《め》を付《つ》けた人《ひと》から生気《せいき》を奪《うば》って、証拠《しょうこ》は一切《いっさい》残《のこ》さない。と言《い》うよりも証拠《しょうこ》が残《のこ》らないなんてね」

「放《ほう》っておいても害《がい》はないかと問《と》われたら、害《がい》がないとは言《い》えない。生徒《せいと》の誰《だれ》かの命《いのち》を吸《す》っているんだ。誰《だれ》にもわからない、静《しず》かなる殺《ころ》し屋《や》といった感《かん》じか」

打《う》つ手《て》なしかと、ふたりは首《くび》を傾《かし》げるが、希望《きぼう》がまったくないわけではなかった。

そもそもが人《ひと》の命《いのち》を吸《す》って不老不死《ふろうふし》となっているならば、命《いのち》を吸《す》えなければ死《し》んでしまうということではないかと。

「難《むずか》しいわね。八尾《やお》さんが人《ひと》を殺《ころ》しているかと言《い》われたら、八尾《やお》さんは一切《いっさい》手《て》を出《だ》していない。返《かえ》り血《ち》を浴《あ》びた人《ひと》から生気《せいき》を奪《うば》っている……なんて告発《こくはつ》したら、こちらの頭《あたま》が疑《うたが》われてしまうわね」

「それに、アキくんは幽霊《ゆうれい》ではない。クラスメイトからも、ほかの生徒《せいと》からも認識《にんしき》されている『人間《にんげん》』だ。これから犠牲《ぎせい》になる可能性《かのうせい》がある多《おお》くの生徒《せいと》を助《たす》けるために、アキくんを殺《ころ》してしまえば、僕《ぼく》たちも同《おな》じ穴《あな》のムジナではないか。生《い》きるために人《ひと》を殺《ころ》すという点《てん》においては」

非常《ひじょう》に難《むずか》しい選択《せんたく》だ。

このまま放置《ほうち》していれば、アキはケイジたちと同《おな》じように多《おお》くの生徒《せいと》から命《いのち》を吸《す》うだろう。

そして先《さき》ほどの給食《きゅうしょく》の時間《じかん》、アキのジェスチャーはきっと、ケイジの命《いのち》を奪《うば》ったことを意味《いみ》しているのではないかと。

だが、それを防《ふせ》ぐために、なんとかしてアキを殺《ころ》したとしたら、それこそ殺人罪《さつじんざい》に問《と》われるのではないか。

かと言《い》って見殺《みごろ》しにしてしまえば、知《し》っていて止《と》めなかったとなってしまう。

「どの道地獄《みちじごく》……か。幽霊《ゆうれい》が相手《あいて》のほうが楽《らく》だったか」

「そうだね。ところで今《いま》の話《はなし》だったら、殺意《さつい》を持《も》たずに刺《さ》せば八尾《やお》さんは生気《せいき》を吸《す》えないということになるよね？　あとは、刺《さ》したあとに返《かえ》り血《ち》を浴《あ》びなければ」

理屈《りくつ》ではそうだが、実際《じっさい》にそれが可能《かのう》かどうかがわからない。

「私《わたし》を殺《ころ》して」というアキの言葉《ことば》がただの誘《さそ》い水《みず》で、彼女《かのじょ》は本当《ほんとう》は生《い》きたいと願《ねが》っている。

つまり、リンドウが意気揚々《いきようよう》とアキを殺《ころ》そうとすれば、そのときは殺《ころ》す方法《ほうほう》を考《かんが》えているということ。

となれば間違《まちが》いなくアキは、リンドウに殺《ころ》されないように警戒《けいかい》しているに違《ちが》いなかった。

放課後《ほうかご》になり、アキは挑発《ちょうはつ》するようにリンドウに微笑《ほほえ》みかけ教室《きょうしつ》を出《で》ていく。

リンドウに打《う》つ手《て》などない。

仮《かり》に今《いま》、殺意《さつい》なくアキに包丁《ほうちょう》を突《つ》き立《た》てたとしても、「命《いのち》のストック」を消費《しょうひ》してその傷《きず》を治《なお》すだろう。

それがどれだけあるのかわからない中《なか》で、命《いのち》が尽《つ》きるまで殺意《さつい》なく殺《ころ》し続《つづ》けるなど、中学生《ちゅうがくせい》にできるとはとても思《おも》えない。

絶望《ぜつぼう》したままリンドウはいつものコスチュームに身《み》を包《つつ》み、重《おも》い足取《あしど》りで図書室《としょしつ》へ向《む》かった。

「僕《ぼく》にはどうすることもできないのか。このままではケイジくんだけでなく、ユウタくんまで犠牲《ぎせい》になってしまう。止《と》めるべきか……しかし、もはやアキくんに魅了《みりょう》されているユウタくんを説得《せっとく》することなど……」

ブツブツと独《ひと》り言《ごと》をつぶやきながら、職員室《しょくいんしつ》の近《ちか》くを通《とお》ったときだった。

「えっ!?　まさか……最近不登校《さいきんふとうこう》だと……武藤《むとう》が……」

「A県《けん》で電車《でんしゃ》に……でもどうしてA県《けん》なんかにいたんでしょうね……」

廊下《ろうか》で何《なに》やら不穏《ふおん》な話《はなし》を先生《せんせい》がしていた。

次《つぎ》の瞬間《しゅんかん》、リンドウは目《め》を見開《みひら》いてマントを翻《ひるがえ》した。

おそらくアキは、ユウタと一緒《いっしょ》にいつもの場所《ばしょ》にいるだろう。

ならば今《いま》しかないとばかりに、リンドウは急《いそ》いだ。

廊下《ろうか》の途中《とちゅう》、同《おな》じく図書室《としょしつ》に向《む》かっているのであろうカナデを見《み》つけ、一緒《いっしょ》に来《く》るように伝《つた》えて。

〜屋上《おくじょう》へ続《つづ》く階段《かいだん》〜

リンドウとカナデがそこに到着《とうちゃく》したとき、すでにユウタはアキの胸《むね》に小刀《こがたな》を刺《さ》していて、生気《せいき》を吸《す》われようとしていた。

「ユウタくん！　もうやめるんだ！　そいつは……八尾《やお》アキくんは人《ひと》の命《いのち》を奪《うば》い、自分《じぶん》の命《いのち》としているんだ！　ケイジくんもそいつに殺《ころ》されたに違《ちが》いない！」

血塗《ちまみ》れのユウタだったが、アキの傷《きず》が治《なお》るとともに綺麗《きれい》な姿《すがた》へ戻《もど》っていく。

「は、はへ？　ケ、ケイジが……殺《ころ》された？」

リンドウの言葉《ことば》を理解《りかい》しているのかわからないような返事《へんじ》をしたユウタ。生気《せいき》を奪《うば》われたせいで、そろそろ限界《げんかい》を迎《むか》えているのだろう。

アキはニヤニヤとした笑《え》みを浮《う》かべて、余裕《よゆう》たっぷりに口《くち》を開《ひら》いた。

「もうあなたも終《お》わりみたいね。楠木《くすのき》くんの言《い》う通《とお》り、不二《ふじ》くんは私《わたし》のお腹《なか》の中《なか》にいる。あなたも私《わたし》のお腹《なか》の中《なか》で、不二《ふじ》くんと再会《さいかい》するといいわ」

その言葉《ことば》に、リンドウは言《い》いようのない不快感《ふかいかん》と吐《は》き気《け》をもよおした。殺《ころ》したと思《おも》ってはいたが、給食《きゅうしょく》のときのジェスチャーは「食《く》った」ということなのか。

ゴキゴキと骨《ほね》が鳴《な》る音《おと》が聞《き》こえ、アキが大口《おおぐち》を開《あ》けるとその中《なか》にケイジの顔《かお》が。

「ユウタ、お前《まえ》も早《はや》く来《こ》いよ。この中《なか》、温《あたた》かくて安心《あんしん》するぜ」

ニタリと笑《わら》って、そうつぶやいた。

「あ、あ、ああああああぁぁぁあっ！　ケ、ケイジ！　なんで！　なんで！　や、八尾《やお》おおおっ！　お、お前《まえ》！」

友人《ゆうじん》の変《か》わり果《は》てた姿《すがた》を見《み》て、ユウタは最後《さいご》の力《ちから》を振《ふ》り絞《しぼ》って声《こえ》を上《あ》げた。

そしてアキに掴《つか》みかかるが、もはや死《し》の一歩手前《いっぽてまえ》の力《ちから》では、中学生《ちゅうがくせい》の姿《すがた》をした女子《じょし》ひとりの力《ちから》にも敵《かな》わない。

「うるさいわね。あれだけ殺人《さつじん》ごっこをさせてあげたんだから、最後《さいご》は大人《おとな》しく私《わたし》の餌《えさ》になりなさい！　まったく。少《すこ》し優《やさ》しくしたら調子《ちょうし》に乗《の》るのは、いつの時代《じだい》も変《か》わらないわね。餌《えさ》ごときが私《わたし》にたてつくんじゃないわ！」

あっさりと床《ゆか》に倒《たお》されたユウタは、豹変《ひょうへん》したアキに蹴《け》られ、踏《ふ》まれ、今《いま》にもその命《いのち》が尽《つ》きてしまいそう。

リンドウはこれはまずいと、慌《あわ》てて間《あいだ》に割《わ》って入《はい》ろうとする。

するとアキはニヤリと笑《わら》って、ユウタを踏《ふ》みつけていた足《あし》で、階段《かいだん》を上《のぼ》ってきたリンドウに蹴《け》りを放《はな》った。

腹部《ふくぶ》に食《く》らった一撃《いちげき》で、リンドウは後方《こうほう》に倒《たお》れそうになる。踏《ふ》ん張《ば》ることもできず、バランスを崩《くず》してそのまま階段《かいだん》を転《ころ》がり落《お》ちてしまったのだ。

「リンドウ！　危《あぶ》ない」

カナデが手《て》すりを掴《つか》むと同時《どうじ》にリンドウを受《う》け止《と》めて踏《ふ》ん張《ば》り、階段《かいだん》の途中《とちゅう》でなんとか動《うご》きを止《と》めた。

これを告発《こくはつ》したところで誰《だれ》も信《しん》じないだろう。

それがわかっているから、アキはこれほどまでに強気《つよき》でいられるのだろう。

「うん？　まあいいわ。そこで大人《おとな》しく香月《かつき》くんが私《わたし》に食《た》べられるのを見《み》てなさい。それとも先《さき》にもっといじめられたい？」

冗談《じょうだん》めいた発言《はつげん》をするのは、まだ人間《にんげん》としての心《こころ》が残《のこ》っているからだろうか。

そんなアキをリンドウは見上《みあ》げて、最善《さいぜん》のセリフは何《なに》かと、脳内《のうない》に散《ち》らばる言葉《ことば》を拾《ひろ》い集《あつ》め、恐怖《きょうふ》に負《ま》けじと口《くち》を開《ひら》いた。

「アキくんのような美人《びじん》にいじめられるなら本望《ほんもう》だが……お前《まえ》のような醜《みにく》い化《ば》け物《もの》は、餌《えさ》を前《まえ》にして我慢《がまん》などできないだろう。今《いま》のお前《まえ》はヨダレを垂《た》らした醜《みにく》い野獣《やじゅう》だ。鏡《かがみ》でも見《み》て、己《おのれ》の醜《みにく》さと向《む》き合《あ》ってみろ！」

ほんの少《すこ》し、沈黙《ちんもく》が訪《おとず》れた。

この程度《ていど》の挑発《ちょうはつ》では効果《こうか》はなかったかと別《べつ》のセリフを考《かんが》えるリンドウだったが、次《つぎ》の瞬《しゅん》間《かん》、アキは睨《にら》み殺《ころ》さんばかりの鬼《おに》の形相《ぎょうそう》で、身体《からだ》を怒《いか》りに震《ふる》わせた。

「醜《みにく》い……化《ば》け物《もの》!?　どの口《くち》がそんなふざけたことを！　私《わたし》のどこが醜《みにく》いか言《い》ってみろ！」

そして、手《て》すりに掴《つか》まって立《た》ち上《あ》がろうとするリンドウに近《ちか》づき、鼻息《はないき》が当《あ》たる位置《いち》で睨《にら》みつけたのだった。

「……悪《わる》かったねアキくん。キミはミステリアスな美人《びじん》だ。ところでこの学校《がっこう》の校則《こうそく》は知《し》っているかい？」

「は？　いきなり何《なに》？　やっぱりいじめられたくないっての？　私《わたし》をあれだけ馬鹿《ばか》にしたんだ、お前《まえ》が死《し》ぬまでいじめ抜《ぬ》いてやるわよ！」

「屋上《おくじょう》のドアの前《まえ》に立《た》った者《もの》は、屋上《おくじょう》に出《で》なかった場合《ばあい》、決《けっ》して振《ふ》り返《かえ》らずにうしろ向《む》きに階段《かいだん》を下《お》りなければならない……。実《じつ》はこのどうでもいいような校則《こうそく》が、この学校《がっこう》で一番重要《ばんじゅうよう》な校則《こうそく》だったりするんだ。ほら、校則《こうそく》を破《やぶ》ってしまったから来《く》るぞ、野々村《ののむら》アリスだ」

階段《かいだん》の上《うえ》を指差《ゆびさ》したリンドウ。

何《なに》かとてつもない悪寒《おかん》を感《かん》じたのか、アキが小《ちい》さく身震《みぶる》いしてゆっくりと振《ふ》り返《かえ》った。

階段《かいだん》の上《うえ》には、身体中《からだじゅう》の骨《ほね》が折《お》れたような四《よ》つん這《ば》いの女子生徒《じょしせいと》。顔《かお》のパーツの向《む》きが縦《たて》に付《つ》いているというのは、一度見《いちどみ》たことのあるリンドウでさえ恐怖《きょうふ》して腰《こし》を抜《ぬ》かしてしまいそうになる。

「な、何《なに》……この化《ば》け物《もの》……」

呆気《あっけ》に取《と》られているアキに、学校《がっこう》の怪談《かいだん》の化《ば》け物《もの》が近《ちか》づく。そして、アキに飛《と》びつくと、一緒《いっしょ》に階段《かいだん》を転《ころ》がり落《お》ちた。

「アキくんは知《し》らないだろうが、野々村《ののむら》アリスはイジメの末《すえ》に殺《ころ》された悪霊《あくりょう》だ。そいつは校則《こうそく》を破《やぶ》った人《ひと》が死《し》ぬまで取《と》り憑《つ》く。つい先《さき》ほど、前《まえ》に取《と》り憑《つ》かれていたカツヤくんという生徒《せいと》が死《し》んだと先生《せんせい》が話《はな》していたのだが……どうやら今度《こんど》は無事《ぶじ》にアキくんに取《と》り憑《つ》いたようだね」

リンドウが説明《せつめい》をしている間《あいだ》にも、アキは必死《ひっし》にアリスを引《ひ》き剥《は》がそうともがく。

「あ、ああ……す、吸《す》われる。命《いのち》が吸《す》われる！　なんなの、この化《ば》け物《もの》は！」

アリスに追《お》いつかれた人《ひと》は命《いのち》を奪《うば》われる。

だが、命《いのち》を奪《うば》ってもまだ、死《し》なずにピンピンしているアキの姿《すがた》を見《み》て、アリスは首《くび》を傾《かし》げていた。

そのわずかな隙《すき》を突《つ》いて拘束《こうそく》から逃《のが》れたアキだったが、それを見《み》てまだ死《し》んでいないと判断《はんだん》したアリスはゆっくりと動《うご》き出《だ》した。

「な、なんなのよこいつは！　来《こ》ないで！　この命《いのち》は全部《ぜんぶ》私《わたし》の物《もの》なんだから！　誰《だれ》にも渡《わた》さない！」

これまでに散々人《さんざんひと》の命《いのち》を奪《うば》ってきたというのに、どの口《くち》がそんなことを言《い》えるのかとリンドウは呆《あき》れたが、少《すこ》し同情《どうじょう》をしなくもなかった。

「ひとつだけ教《おし》えてあげようか。野々村《ののむら》アリスは死《し》ぬまで離《はな》れない。不老不死《ふろうふし》のアキくんだ。きっと永遠《えいえん》に逃《に》げ続《つづ》けるのだろうね。さあ、早《はや》く逃《に》げなければ、アリスが来《く》るぞ」

リンドウのその言葉《ことば》に、さすがのアキも顔《かお》を引《ひ》きつらせて廊下《ろうか》を走《はし》っていく。

安堵《あんど》……という以外《いがい》に適切《てきせつ》な言葉《ことば》が思《おも》い浮《う》かばず、階段《かいだん》に腰《こし》を下《お》ろしたリンドウとカナデは深《ふか》いため息《いき》をついた。

これでもう、アキは永遠《えいえん》に逃《に》げ続《つづ》けなければならなくなった。

アキが逃《に》げ続《つづ》けている間《あいだ》は、学校《がっこう》の怪談《かいだん》の化《ば》け物《もの》、野々村《ののむら》アリスが出現《しゅつげん》することはない。

それはふたつの脅威《きょうい》を同時《どうじ》に排除《はいじょ》したということで、これ以上《いじょう》の犠牲者《ぎせいしゃ》はもう出《で》ないことを意味《いみ》していた。

「素晴《すば》らしい。怪談《かいだん》の化《ば》け物《もの》を使《つか》う機転《きてん》と、それを使《つか》えるようになった運《うん》のよさは賞賛《しょうさん》に値《あたい》するよ」

階段《かいだん》の上《うえ》、パチパチとゆっくりな拍手《はくしゅ》の音《おと》が聞《き》こえ、リンドウとカナデは慌《あわ》てて振《ふ》り返《かえ》った。

そこにいたのは鏡《かがみ》の仮面《かめん》の人物《じんぶつ》、怪人《かいじん》ミラーだ。

「やはりお前《まえ》が暗躍《あんやく》していたのか。いい加減《かげん》、僕《ぼく》の学校生活《がっこうせいかつ》を邪魔《じゃま》するのをやめろ。いや、そうじゃないな。ハルコを殺《ころ》したお前《まえ》を僕《ぼく》は許《ゆる》さない。その正体《しょうたい》、暴《あば》いてやるぞ怪人《かいじん》ミラー」

「せっかく褒《ほ》めていたのに。まあいいでしょう。あなたは私《わたし》を捕《つか》まえることなどできないのですから。それに……どうやらまだ、あなたは強《つよ》い力《ちから》に守《まも》られているようですし。その力《ちから》が失《うしな》われたときになら、遊《あそ》んであげてもいいですよ。ククク……」

　今《いま》はまだそのときではないということか、怪人《かいじん》ミラーはマントを翻《ひるがえ》すと、まるでそこに誰《だれ》もいなかったかのように姿《すがた》を消《け》したのだった。

　翌日《よくじつ》、八尾《やお》アキが行方不明《ゆくえふめい》になったと先生《せんせい》から伝《つた》えられた。

　たった二日間《ふつかかん》の転校生《てんこうせい》。

　だが、犠牲《ぎせい》は大《おお》きかった。

　アキの呪縛《じゅばく》から逃《のが》れたユウタだったが、命《いのち》を吸《す》われ続《つづ》けて寿命《じゅみょう》が尽《つ》きたのか、朝《あさ》に目《め》を覚《さ》ますことなく、そのまま死亡《しぼう》したという話《はなし》をリンドウは聞《き》いた。

　いなくなった人《ひと》は戻《もど》ってこない。

生《い》きている人《ひと》は、死《し》んだ人《ひと》の分《ぶん》まで生《い》きる……とよく聞《き》くが、アキのように人《ひと》を殺《ころ》して命《いのち》を自分《じぶん》の物《もの》にする者《もの》もいる。自身《じしん》も少《すく》なからず人《ひと》の命《いのち》をもらっていたりするのだろうかと、青《あお》い空《そら》を見《み》つめながらリンドウは考《かんが》えていた。

◆
◆
◆

「フフフ、いいですよハルコ。ダンスが上手《じょうず》になりましたね。私《わたし》はあなたとこうしている時間《じかん》が一番《いちばん》……」

暗《くら》い部屋《へや》の中《なか》、スポットライトの下《した》でひとりの女《おんな》の子《こ》と踊《おど》っている怪人《かいじん》ミラー。

向《む》こうもこちらに気《き》づいたようで、慌《あわ》てて女《おんな》の子《こ》を隠《かく》し、イスの背《せ》もたれに手《て》を置《お》いて焦《あせ》ったように話《はな》し始《はじ》める。

「オホン。この時間《じかん》だけは邪魔《じゃま》をされたくなかったのですがね。まあ、来《き》てしまったものは仕方《しかた》ないですが」

そう言《い》いながらイスに座《すわ》り、足《あし》を組《く》んでこちらを見《み》た……ような気《き》がする。

「人魚《にんぎょ》の肉《にく》を食《た》べて不老不死《ふろうふし》になった少女《しょうじょ》。永遠《えいえん》に続《つづ》く生《せい》と死《し》のループを終《お》わらせたのはひとりの少年《しょうねん》でした。多《おお》くの人間《にんげん》の命《いのち》を奪《うば》い自分《じぶん》の物《もの》として永遠《えいえん》に生《い》きようとするモノと、命《いのち》が尽《つ》きるまで追《お》い続《つづ》けるモノ。どちらが先《さき》に音《ね》を上《あ》げるのでしょうか。私《わたし》も少《すこ》し興味《きょうみ》がありますね。フフフ」

怪人《かいじん》ミラーがパチンと指《ゆび》を鳴《な》らすと、頭上《ずじょう》にアキの姿《すがた》が映《うつ》し出《だ》された。

『なんなの、なんなのよあいつは！　どれだけ逃《に》げてもずっと追《お》いかけてくる！　食《く》おう

と思《おも》っても怨念《おんねん》が強《つよ》すぎて食《く》えない！　誰《だれ》か……助《たす》けて！』

アキはこれからも逃《に》げ続《つづ》けるのだろう。

いつ解放《かいほう》されるか……いや、永遠《えいえん》に解放《かいほう》されることはない。

足《あし》を止《と》めれば死《し》が待《ま》っているのだから。

「強《つよ》すぎる怨念《おんねん》は、どうあっても晴《は》れないということでしょうか。ま、いなくなったものはどうでもいいですがね。さて、次《つぎ》はどのような話《はなし》であなたを楽《たの》しませましょうか。フフ、次《つぎ》をお楽《たの》しみに」

そう言《い》って再《ふたた》び指《ゆび》を鳴《な》らした怪人《かいじん》ミラー。

スポットライトは消《き》え、部屋《へや》は暗闇《くらやみ》に包《つつ》まれた。

第二章《だいにしょう》　このロッカーは願《ねが》いを叶《かな》える力《ちから》があるのだ

「……私《わたし》はどこから来《き》て、どこへ行《い》くというのか。なんのために、いつから存在《そんざい》しているのか……。おっと、たまにこうしてセンチメンタルになることもあるのですよ。あなたはいつも、私《わたし》が油断《ゆだん》しているときに現《あらわ》れる」

暗《くら》い部屋《へや》の中《なか》、怪人《かいじん》ミラーはスポットライトに照《て》らされながらこちらを見《み》ていた。そうは言《い》いつつも、来訪者《らいほうしゃ》がいることを予見《よけん》していたかのようだ。

「ひとつ、思《おも》い出《だ》した話《はなし》があります。あなたにこの話《はなし》を聞《き》いていただきたく思《おも》いましてね」

何《なに》やらいつもとは様子《ようす》が違《ちが》って見《み》えるが、怪人《かいじん》ミラーにも思《おも》うことがあるのだろうか。

「え？　どうしてそんなに神妙《しんみょう》な面持《おもも》ちなのかですって？　困《こま》りましたねぇ。私《わたし》はこう見《み》えて、仮面《かめん》の下《した》は百万《ひゃくまん》ドルのスマイルなのですが……顔《かお》を見《み》せられないのが残念《ざんねん》でなりません。まあ、冗談《じょうだん》はさておき……今回《こんかい》のお話《はなし》はこちらです」

そう言《い》い、パチンと指《ゆび》を鳴《な》らした怪人《かいじん》ミラーの頭上《ずじょう》に、ひとつの古《ふる》ぼけたロッカーが映《うつ》し出《だ》された。

「えー、こちら……あの学校《がっこう》で一番古《いちばんふる》いロッカーになりまして。なんと、この中《なか》に入《はい》って願《ねが》いごとを言《い》うと、願《ねが》いが叶《かな》うという不思議《ふしぎ》なロッカーなんですね。まあ……こういう話《はなし》には必《かなら》ず裏《うら》があるものですが……とりあえずお楽《たの》しみください」

そして指《ゆび》を鳴《な》らすと、辺《あた》りは暗闇《くらやみ》に包《つつ》まれた。

◆　◆　◆

リンドウとカナデは、目《め》の前《まえ》にいるおかしなことを言《い》う少女《しょうじょ》に、どう答《こた》えればいいのかわからずに顔《かお》を見合《みあ》わせた。

なんでも、この少女《しょうじょ》は名《な》を天羽《あもう》トワと言《い》い、三年一組《さんねんいちくみ》でふたりの先輩《せんぱい》らしい。

だが、学年《がくねん》が違《ちが》えば名前《なまえ》も知《し》らない人《ひと》がいる。それはリンドウも例外《れいがい》ではなかった。

「えっと……つまりこういうわけかな。二階《にかい》にある技術工作室《ぎじゅつこうさくしつ》の準備室《じゅんびしつ》に、『願《ねが》いを叶《かな》えるロッカー』なる物《もの》があって、そこに入《はい》って出《で》たら願《ねが》いが叶《かな》った……と」

「そう！　でもこの儀式《ぎしき》にはひとつだけ条件《じょうけん》があって、ロッカーから出《で》たら必《かなら》ずもうひとりの自分《じぶん》……ドッペルゲンガーに出会《であ》うらしいの。でね、そのドッペルゲンガーを殺《ころ》してロッカーの中《なか》に入《い》れなきゃならなくて。それを忘《わす》れると願《ねが》いが叶《かな》うどころか、本物《ほんもの》のほうが死《し》んじゃうらしいのよ」

年上《としうえ》の先輩《せんぱい》が鼻息荒《はないきあら》く、食《く》い入《い》るように見《み》つめて話《はな》すが、リンドウは興味《きょうみ》はあっても見《み》てもいないことを簡単《かんたん》に信《しん》じるほどお人好《ひとよ》しではなかった。

「あー、トワくん。だとすれば、あなたはドッペルゲンガーを殺《ころ》したということになるが……本当《ほんとう》に殺《ころ》したのかな？」

「もちろん。だって殺《ころ》さなかったら私《わたし》が死《し》ぬんだもの。それに、相手《あいて》はドッペルゲンガーだからなんの問題《もんだい》もないでしょ？　私《わたし》が生《い》きて何事《なにごと》もなかったかのように生活《せいかつ》するか、私《わたし》が死《し》んでドッペルゲンガーが私《わたし》として生活《せいかつ》するかの違《ちが》いじゃない？」

そうあっさりと言《い》ってしまうトワに、リンドウは多少不信感《たしょうふしんかん》があったが、不可解《ふかかい》なことに好奇心《こうきしん》がくすぐられてしまう。

本当《ほんとう》に願《ねが》いが叶《かな》ったのか気《き》になっていた。

「それで、トワくんはどのような願《ねが》いを叶《かな》えたのだ？　ここまで来《き》てまさか秘密《ひみつ》にするということもないだろう？」

「うーん、まあいいけど。私《わたし》ね、以前《いぜん》は根暗《ねくら》でいじめられてて、死《し》にたいって毎日思《まいにちおも》ってたんだけど、ある日《ひ》ロッカーの話《はなし》を知《し》ってさ。どうせ死《し》ぬならダメ元《もと》で、誰《だれ》も私《わたし》をいじめないようにしてくれって祈《いの》りながらロッカーに入《はい》ったら……叶《かな》っちゃったのよ」

願《ねが》い自体《じたい》は、いかにも学生《がくせい》にありそうなシンプルなものだったが、悩《なや》みはかなり重大《じゅうだい》と言《い》える。

イジメに立《た》ち向《む》かうには勇気《ゆうき》がいる。

人《ひと》は簡単《かんたん》に「嫌《いや》なら立《た》ち向《む》かえ」と言《い》うが、そんな簡単《かんたん》な問題《もんだい》ではないのだ。

立《た》ち向《む》かったことで問題《もんだい》に発展《はってん》してしまえば、親《おや》に心配《しんぱい》をかけてしまう。

そうさせないようにと我慢《がまん》しているのに、そんなことを一切考《いっさいかんが》えない愚《おろ》か者《もの》がイジメをするのだ。

それから逃《のが》れたいと思《おも》うことは、ごく自然《しぜん》ではないか。

「念《ねん》のためにもう一度聞《いちどき》くが、ドッペルゲンガーは殺《ころ》してロッカーに入《い》れたのかな」

「だから言《い》ったでしょ？　私《わたし》が死《し》んじゃうんだもん。でもそのおかげで、私《わたし》はイジメがなくなって楽《たの》しく生活《せいかつ》できてるの」

「では、その願《ねが》いを叶《かな》えた代償《だいしょう》は何《なに》か存在《そんざい》したのかな。まさか何《なに》もリスクがないなんてことはないだろう？」

本当《ほんとう》に叶《かな》うのであれば、リンドウにはどうしても叶《かな》えたい願《ねが》いがあった。

考《かんが》えれば考《かんが》えるほど心《こころ》が揺《ゆ》らぎそうになるが、それほど大《おお》きな願《ねが》いを叶《かな》えるとなると必《かなら》ずそれに見合《みあ》った代償《だいしょう》があるというものだ。

「リスク？　それはわからないけど……あ、でも願《ねが》いを叶《かな》えてから学校《がっこう》が陰気《いんき》に感《かん》じるというか。変《へん》な怪談《かいだん》はやたら多《おお》くなってるし、この怪奇研究会《かいきけんきゅうかい》？　なんてものもなかったと思《おも》うんだけど。まあ、そのおかげでこうやって相談《そうだん》ができてるんだけど」

トワの言《い》うことに、リンドウは理解《りかい》ができなかった。

願《ねが》いを叶《かな》える前《まえ》、怪奇研究会《かいきけんきゅうかい》がなかったとはどういうことか。活動《かつどう》の規模《きぼ》が小《ちい》さいから、今日《きょう》、このときまで存在《そんざい》を知《し》らなかっただけなのではないか。

自分《じぶん》が興味《きょうみ》がない情報《じょうほう》というのは、知《し》ること自体《じたい》が難《むずか》しいものだ。

好《す》きなアーティストができたとして、知《し》ったときには活動《かつどう》を始《はじ》めて何年《なんねん》も経《た》っていたというのはよくあることなのだから。

「でね、助《たす》けてほしいんだよね。願《ねが》いが叶《かな》ったのはいいんだけど、クラスメイトたちがどうもおかしくて。なんか『最近《さいきん》トワが別人《べつじん》みたい』って言《い》い出《だ》して避《さ》けられてる気《き》がするの。これじゃあいじめられてるときと変《か》わらないんだよ」

その相談《そうだん》こそ、リンドウにもカナデにもどうすることもできないものだ。

なぜなら、ふたりはトワの日常《にちじょう》の様子《ようす》を知《し》らないのだから。

今《いま》、目《め》の前《まえ》にいるトワを今日《きょう》初《はじ》めて知《し》り、以前《いぜん》のトワとクラスメイトの関係《かんけい》などわかるはずがない。

「それは我々《われわれ》にはどうすることも……クラスメイトに、以前《いぜん》のトワくんはどんな感《かん》じだったかを聞《き》いて、それに寄《よ》せればいいのではないかな？」

自分《じぶん》の発言《はつげん》にもかかわらず違和感《いわかん》を覚《おぼ》えながら提案《ていあん》したが、トワは首《くび》を横《よこ》に振《ふ》った。

「聞《き》いたの！　聞《き》いたんだけど、『どうしてそんなことを聞《き》くわけ？　あなた本当《ほんとう》にトワなの？』って疑《うたが》われて。誰《だれ》も私《わたし》に教《おし》えてくれないんだって！」

「……言《い》いようなどいろいろあっただろうに。頭《あたま》を打《う》って昨日《きのう》までのことが思《おも》い出《だ》せないとか、キャラ変《へん》したら元《もと》の自分《じぶん》が思《おも》い出《だ》せなくなったとか。そもそも、キャラ変《へん》をしたからこれで行《い》く、と言《い》い切《き》ってしまえばよかったのではないか」

呆《あき》れながらそう答《こた》えたリンドウだったが、トワはさらに首《くび》を横《よこ》に振《ふ》ってみせた。

「あーもう！　なんかそういうことじゃなくて！　もういい！　もう一回《いっかい》願《ねが》いを叶《かな》えてくる！　怪奇研究会《かいきけんきゅうかい》って言《い》っても、何《なに》も解決《かいけつ》してくれないんだね！」

テーブルに手《て》を打《う》ちつけるようにして立《た》ち上《あ》がったトワは、ムスッとした表情《ひょうじょう》のまま図《と》書室《しょしつ》を出《で》ていった。


～技術工作室《ぎじゅつこうさくしつ》・準備室《じゅんびしつ》～

授業《じゅぎょう》で忘《わす》れ物《もの》をしたと嘘《うそ》をついて、職員室《しょくいんしつ》で鍵《かぎ》を借《か》りてやってきたトワは、今《いま》にも壊《こわ》れてしまいそうな錆《さ》びついたロッカーの前《まえ》に立《た》って考《かんが》えていた。

「どういう願《ねが》いにしよう……イジメがなくなりますようにって願《ねが》いは叶《かな》ったけど、前《まえ》の私《わたし》と違《ちが》うとか言《い》われて避《さ》けられるようになったし……そうだ、今《いま》の私《わたし》をみんなが受《う》け入《い》れてくれますようにって願《ねが》いなら大丈夫《だいじょうぶ》そうだね」

願《ねが》いごとは決《き》まった。

それにしてもこんなに簡単《かんたん》に願《ねが》いが叶《かな》うロッカーを見《み》つけてしまうなんて、どれほど運《うん》がいいのだろうかとトワは笑《え》みを浮《う》かべた。

細《こま》かい指定《してい》をしなければ望《のぞ》むような環境《かんきょう》にならないというもどかしさはあったが、一回《いっかい》目《め》でそれを理解《りかい》できたのは大《おお》きい。

二回目《にかいめ》で、自分《じぶん》が思《おも》い描《えが》く環境《かんきょう》にしてしまえばいいのだから。

「あ、ついでにお金持《かねも》ちで頭《あたま》がよくて美人《びじん》ってのも叶《かな》えてもらおうかな。欲張《よくば》り？　フフフ。今《いま》までが底辺《ていへん》みたいな扱《あつか》いをされたんだから構《かま》わないよね」

そう言《い》い、錆《さ》びたロッカーを目《め》いっぱい力《ちから》を込《こ》めて開《あ》けた。

モワッと生暖《なまあたた》かい空気《くうき》とともに異様《いよう》な気配《けはい》が出《で》てきたような気《き》がする。

最初《さいしょ》にこのロッカーを開《あ》けたときも同《おな》じように感《かん》じたから、トワはもう不思議《ふしぎ》とは思《おも》わなかった。

「えっと……お金持《かねも》ちになって頭《あたま》もよくなって、美人《びじん》になった私《わたし》をみんなが受《う》け入《い》れてくれるようになりますように」

そう言《い》いながら、ロッカーの中《なか》に入《はい》った。

「どうか……私《わたし》の願《ねが》いを叶《かな》えて……」

扉《とびら》を閉《と》じて、暗闇《くらやみ》の中《なか》で一分間《いっぷんかん》は祈《いの》り続《つづ》けただろうか。

深呼吸《しんこきゅう》をしてロッカーから出《で》たトワは、準《じゅん》備室《びしつ》の雰囲気《ふんいき》から願《ねが》いが叶《かな》ったのだとわかった。

「何《なに》か……また変《か》わったような気《き》がする。さてと、私《わたし》のドッペルゲンガーを殺《ころ》さなきゃ。そうしないと私《わたし》が死《し》ぬんだから、仕方《しかた》ない

よね」

準備室内《じゅんびしつない》に何《なに》があるかを理解《りかい》しているかのようにトンカチを手《て》に取《と》り、技術工作室《ぎじゅつこうさくしつ》のドアを開《あ》けた。

動《うご》きに無駄《むだ》がないのも、最初《さいしょ》に願《ねが》いを叶《かな》えたときにトワはドッペルゲンガーを殺《ころ》しているのだから当然《とうぜん》と言《い》えば当然《とうぜん》だ。

室内《しつない》を通《とお》り、廊下《ろうか》に出《で》たとき……トワはその不気味《ぶきみ》な気配《けはい》に少《すこ》し身震《みぶる》いした。

「何《なに》……この感《かん》じ。廊下《ろうか》って、こんなに暗《くら》かったっけ？」

ロッカーに入《はい》る前《まえ》とは明《あき》らかに違《ちが》う。

暗《くら》く、陰気《いんき》な雰囲気《ふんいき》と空気《くうき》が、トワの身体《からだ》にまとわりつく。

「あ、トワだトワ。もうどこに行《い》ってたの、ほら教室《きょうしつ》に行《い》こうよ。みんな、トワがいないとさびしがるんだから。あれ？　でも教室《きょうしつ》にいたような気《き》がするけど気《き》のせいかな」

廊下《ろうか》の雰囲気《ふんいき》に呆気《あっけ》に取《と》られていると、左側《ひだりがわ》から低《ひく》く潰《つぶ》れたような声《こえ》が聞《き》こえた。

癪《しゃく》に障《さわ》るその醜悪《しゅうあく》な声《こえ》のほうを見《み》てみると……そこには、顔《かお》も身体《からだ》も崩《くず》れかけた不気味《ぶきみ》な人間《にんげん》が立《た》っている。

「ひっ！　な、何《なに》これ！」

思《おも》わず声《こえ》を上《あ》げたが、慌《あわ》てて口《くち》を手《て》で塞《ふさ》いで視線《しせん》を泳《およ》がせる。

何《なに》が起《お》こっているのかわからない。

どうしてこんな不気味《ぶきみ》な人間《にんげん》がセーラー服《ふく》を着《き》ているのか。一体何《いったいなに》がどうなってしまったのか。

「あーっ。これだなんて失礼《しつれい》だよ。たしかにトワは飛《と》び抜《ぬ》けて美人《びじん》だけど、私《わたし》だって少《すこ》しでも綺麗《きれい》になろうと頑張《がんば》ってるんだからね！」

背骨《せぼね》が曲《ま》がっているのか、目《め》の前《まえ》の人物《じんぶつ》はまっすぐ立《た》てない状態《じょうたい》で精一杯《せいいっぱい》ポーズを取《と》ってみせる。しかし、お世辞《せじ》にも綺麗《きれい》とは言《い》えなかった。

「ご、ごめん……あまりにも不気味《ぶきみ》で……あ、じゃなくて！　個性的《こせいてき》で驚《おどろ》いちゃって」

なんとかごまかそうとするトワだったが、その女子生徒《じょしせいと》のネームプレートを見《み》て目《め》を見《み》開《ひら》いた。

「竹野《たけの》コトコ」と書《か》かれていたが、それはトワの唯一《ゆいいつ》の友達《ともだち》。

いじめられていたときから寄《よ》り添《そ》っていた、仲《なか》のいい友達《ともだち》だったのだ。

「いつも毒舌《どくぜつ》なんだからぁ。でも、トウが言《い》うと嫌味《いやみ》がないよねー」

そう言《い》いながら、まるでヘッドロックでもするように肩《かた》を組《く》み、教室《きょうしつ》へ強引《ごういん》に歩《ある》き出《だ》した。

「ちょ、ちょっと待《ま》って！　私《わたし》、行《い》くところがあるから教室《きょうしつ》には行《い》けない！」

「えー、何《なに》よそれぇ。せっかくみんなでガールズトークしようと思《おも》ったのにぃ！　でもトワだものね、人気《にんき》だから仕方《しかた》ないっか」

「そ、そうだ。もしも次《つぎ》に私《わたし》を見《み》ることがあったら、三十分後《さんじっぷんご》……えっと、十六時三十分《じゅうろくじさんじっぷん》に技術工作室《ぎじゅつこうさくしつ》に行《い》くように言《い》ってくれない？　私《わたし》、忙《いそが》しくて忘《わす》れっぽくてさ」

その発言《はつげん》の意味《いみ》がわからないといった様子《ようす》でコトコは顔《かお》をしかめて首《くび》を傾《かし》げた。

「えっと……え？　じゃあ今《いま》、言《い》おうか？」

理解《りかい》していないのか、そもそも理解《りかい》する知能《ちのう》がないのか。

たとえ普通《ふつう》の知能《ちのう》があったとしても、たしかに今《いま》の発言《はつげん》は難解《なんかい》だと思《おも》うが、そうではない雰囲気《ふんいき》を感《かん》じた。

「次《つぎ》！　次会《つぎあ》ったらでいい！　じゃあ私《わたし》、行《い》くから！」

なんとか会話《かいわ》を終《お》わらせて、その場《ば》から逃《に》げるように駆《か》け出《だ》した。

廊下《ろうか》をしばらく走《はし》り、階段《かいだん》を下《お》りながらこの異様《いよう》な様子《ようす》の校舎《こうしゃ》について考《かんが》える。

ここは間違《まちが》いなく自分《じぶん》が通《かよ》っている学校《がっこう》だ。それなのに、暗《くら》くて薄汚《うすぎたな》く明《あき》らかに変貌《へんぼう》している。

「どういうこと？　コトコだってあんなに気持《きも》ち悪《わる》く……というかあれが人間《にんげん》だっていうの？」

背骨《せぼね》が変形《へんけい》しているのか、身体《からだ》は曲《ま》がって顔《かお》のパーツもあるべき場所《ばしょ》ではなく、おかしな場所《ばしょ》に目《め》や鼻《はな》が付《つ》いていた。

それに、コトコの首《くび》に、ロッカーに入《はい》る以前《いぜん》の彼女《かのじょ》の顔《かお》がチラリと見えたような気《き》がした。

あれはコトコが変異《へんい》した姿《すがた》なのかと考《かんが》えたら、背筋《せすじ》に冷《つめ》たいものが流《なが》れた。


〜図書室《としょしつ》〜

廊下《ろうか》を走《はし》り、トワは怪奇研究会《かいきけんきゅうかい》に頼《たよ》ろうとここにやってきた。

なんせ、願《ねが》いを叶《かな》える直前《ちょくぜん》に相談《そうだん》したのだから、何《なに》かしら力《ちから》を貸《か》してくれるかもしれない。

「く、楠木《くすのき》リンドウくん、いる!?」

図書室《としょしつ》に入《はい》るなり大声《おおごえ》を出《だ》して、窓《まど》の外《そと》を眺《なが》めている小柄《こがら》な男子生徒《だんしせいと》がそうだと判断《はんだん》して慌《あわ》てて近寄《ちかよ》った。

「僕《ぼく》の名《な》をそんなに大声《おおごえ》で呼《よ》ばないでくれるかな。ここは図書室《としょしつ》だ。少《すこ》し静《しず》かにしてくれないか。そうでないと……身体《からだ》に響《ひび》いて痛《いた》む」

ゆっくりと振《ふ》り返《かえ》ったリンドウ。

その顔《かお》はコトコと同《おな》じように崩《くず》れていて、さらに右目《みぎめ》の上《うえ》がひび割《わ》れて、もうひとつの目《め》が生《う》まれようとしていたのだ。

「ひっ！」

思《おも》わず声《こえ》を上《あ》げてしまったトワだったが、慌《あわ》てて口《くち》に手《て》を当《あ》て、悲鳴《ひめい》を無理《むり》矢理《やり》押《お》し込《こ》めた。

「おや、こんなところに学校一《がっこういち》の才色兼備《さいしょくけんび》、天羽《あもう》トワくんがなんの用《よう》かな。僕《ぼく》を訪《たず》ねてくるということは何《なに》か不思議《ふしぎ》なことで相談《そうだん》があるのかな。そこに座《すわ》ってくれ。話《はなし》を聞《き》こうじゃないか」

違和感《いわかん》があった。

つい先《さき》ほど会《あ》って話《はなし》をしたばかりだというのに、まるで初対面《しょたいめん》のような口《くち》ぶり。

いや、何《なに》よりリンドウの右側《みぎがわ》に、無表情《むひょうじょう》で一点《いってん》を見《み》つめる明《あき》らかに生者《しょうじゃ》ではない幽霊《ゆうれい》が座《すわ》っている。それに不気味《ぶきみ》な物《もの》を感《かん》じずにはいられなかった。

イスに腰掛《こしか》けて、トワは必死《ひっし》に正気《しょうき》を保《たも》とうとした。

ここに来《く》るまでに、コトコやリンドウのように身体《からだ》が崩《くず》れている生徒《せいと》のほかに、自分《じぶん》と同《おな》じようないわゆる普通《ふつう》の人間《にんげん》と同《おな》じ姿《すがた》の生徒《せいと》も見《み》かけたと思《おも》ったが……目《め》の前《まえ》の幽霊《ゆうれい》と同《おな》じように、一点《いってん》を見《み》つめて微動《びどう》だにしていなかった気《き》がする。

普通《ふつう》の人間《にんげん》で生《い》きているのは自分《じぶん》だけなのかと、もしかしたら自分《じぶん》もいずれどちらかになってしまうのではないかとさえ思《おも》ってしまう。

「え、えっと……どこから話《はな》せばいいかな。この学校《がっこう》に願《ねが》いが叶《かな》う……秘密《ひみつ》の場所《ばしょ》があるのは知《し》ってる？」

「願《ねが》いが叶《かな》うだって？　それじゃあ、僕《ぼく》が大金持《おおがねも》ちになったり学校一《がっこういち》のイケメンになったりすることだって可能《かのう》なのかい!?」

半開《はんびら》きの口《くち》からヨダレを垂《た》らし、崩《くず》れていても笑《わら》っているとわかる表情《ひょうじょう》で目《め》を輝《かがや》かせたリンドウを見《み》て、トワは絶望《ぜつぼう》せざるを得《え》なかった。

なぜなら、今学校《いまがっこう》で一番頭《いちばんあたま》がいいのはトワで、願《ねが》いを叶《かな》える前《まえ》に出会《であ》ったリンドウのような知的《ちてき》な雰囲気《ふんいき》を、目《め》の前《まえ》の彼《かれ》は持《も》ち合《あ》わせていないと理解《りかい》したから。

自分《じぶん》も傍《はた》から見《み》ればこんなふうに見《み》えていたのかと、呆《あき》れると同時《どうじ》に自身《じしん》の愚《おろ》かさに自己嫌悪《じこけんお》に陥《おちい》りそうになる。

「……なんてね、冗談《じょうだん》だよ冗談《じょうだん》。そんな場所《ばしょ》、あるはずないじゃない」

誰《だれ》にも頼《たよ》ることができないトワは、話《はなし》を切《き》り上《あ》げて図書室《としょしつ》を出《で》ることしかできなかった。

話《はなし》を続《つづ》けたところで、あのリンドウから解決策《かいけつさく》が出《で》てくるとはとても思《おも》えなかったし、自分《じぶん》と同程度《どうていど》か、それ以下《いか》の思考力《しこうりょく》しかないのならば相談《そうだん》する意味《いみ》もない。

自分《じぶん》でどうにかするしかないのだ。

「でも、本当《ほんとう》になんなのこれ。私《わたし》が美人《びじん》になったわけでも、頭《あたま》がよくなったわけでもない。

ほかの人《ひと》が私以下《わたしいか》になっただけじゃない。金持《かねも》ちになったかはわからないけど……今《いま》はそれはどうでもいい」

何《なに》がどうなっているかわからなくても、トワにはやることがあった。

まずはドッペルゲンガーを殺《ころ》すことだ。

いや、それよりも先《さき》に、周《まわ》りがおかしなことになっているのを元《もと》に戻《もど》してくれという願《ねが》いを叶《かな》えるべきだろうか。

元《もと》に戻《もど》るのならば、それに越《こ》したことはないし、二度目《にどめ》とはいえ自分《じぶん》と同《おな》じ姿《すがた》をしているモノを殺《ころ》すのは精神的《せいしんてき》にも負荷《ふか》が大《おお》きい。

すれ違《ちが》う生徒《せいと》が異形《いぎょう》で、ヨタヨタとバランスを崩《くず》さないように歩《ある》いているが、まるでゾンビか、そういう怪物《かいぶつ》のように思《おも》えてしまう。

外見《がいけん》だけだと、とても理性《りせい》があるようには思《おも》えないが、襲《おそ》ってくるような気配《けはい》がないのは救《すく》いだった。

「あえ、学校一《がっこういち》の才女《さいじょ》、天羽《あもう》さんだ。あいかわらず美人《びじん》ね。ぐふふ」

「違《ちが》う！　違《ちが》う違《ちが》う違《ちが》う違《ちが》う！　私《わたし》が求《もと》めたのはこんなことじゃない！　こんなのは違《ちが》

う！」

生徒《せいと》……には違《ちが》いないのだが、明《あき》らかにもう自分《じぶん》とは違《ちが》う別《べつ》の生物《せいぶつ》だ。

そんな生物《せいぶつ》に才色兼備《さいしょくけんび》だ、才女《さいじょ》だと言《い》われたところでうれしくもないし苛立《いらだ》ちさえ覚《おぼ》える。

まるで悪夢《あくむ》の中《なか》にでもいるかのような気味《きみ》の悪《わる》さに、一刻《いっこく》も早《はや》く覚《さ》めてほしいという思《おも》いが強《つよ》くなっていく。

放課後《ほうかご》で人《ひと》が少《すく》ない廊下《ろうか》を走《はし》り、たどり着《つ》いた技術工作室《ぎじゅつこうさくしつ》。

あの異常《いじょう》なコトコは、ドッペルゲンガーに伝《つた》えてくれただろうか。

だとすれば待《ま》ち構《かま》えておかなければならない。

トンカチを持《も》ったまま行動《こうどう》していたが、誰《だれ》もこれがおかしいと思《おも》わないくらいにこの世《せ》界《かい》はおかしな物《もの》に変化《へんか》している。

「中《なか》で待《ま》つ？　いや、できれば不意打《ふいう》ちしたいよね。抵抗《ていこう》されたり、反撃《はんげき》されたりする可《か》能性《のうせい》もあるし」

二階《にかい》の一番奥《いちばんおく》の部屋《へや》。階段《かいだん》の横《よこ》にあるその部屋《へや》に入《はい》るドッペルゲンガーを確認《かくにん》したら、すぐにトンカチで殴《なぐ》り殺《ころ》す。そしてロッカーの中《なか》につめればいい……だがそれよりも先《さき》に、元《もと》に戻《もど》してくれという願《ねが》いを叶《かな》えたほうがいいのかと思《おも》い直《なお》し、トワは準備室《じゅんびしつ》へ向《む》かった。

これは人智《じんち》を超《こ》えた力《ちから》だ。

頼《たよ》りすぎることは間違《まちが》いなくよくないことだとわかってはいたが、ひとつ願《ねが》いを叶《かな》えればひとつ不具合《ふぐあい》が生《しょう》じて、それを解消《かいしょう》するために願《ねが》いを叶《かな》えれば、また不具合《ふぐあい》が生《しょう》じる。

すべてが整《ととの》うことなどなく、何《なに》かしらのマイナスは必《かなら》ずあるのだと言《い》われているかのようだ。

「お願《ねが》いしますお願《ねが》いします、元《もと》に戻《もど》してください。ここは気持《きも》ち悪《わる》くて私《わたし》の世界《せかい》じゃないです」

祈《いの》りを込《こ》めて開《ひら》いたロッカー。

その中《なか》に入《はい》ってただひたすらに願《ねが》いを唱《とな》え続《つづ》けた。

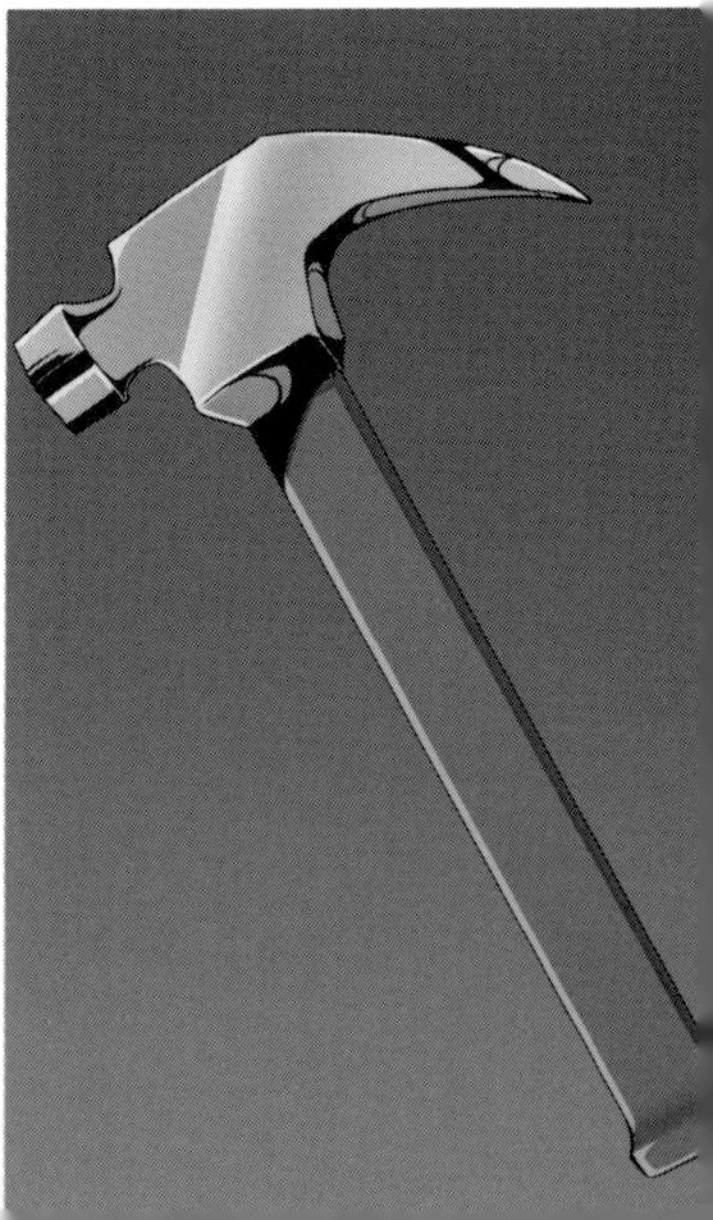

一分《いっぷん》ほど経《た》ち、そろそろ願《ねが》いが叶《かな》っているかなとロッカーの外《そと》に出《で》たが……雰囲気《ふんいき》が変《か》わっている様子《ようす》はない。

「願《ねが》いを叶《かな》えすぎたの？　でも回数制限《かいすうせいげん》なんて聞《き》いたことないし……だとしたら、やっぱりドッペルゲンガーを殺《ころ》さなきゃならないのかな。そこまでがワンセットだから、まだ叶《かな》えられない……とか？」

詳《くわ》しいことがわかるはずもなかったが、一回目《いっかいめ》の願《ねが》いを叶《かな》えたときと決定的《けっていてき》に違《ちが》うのは、それくらいしか思《おも》いつかない。

トワはトンカチを握《にぎ》り締《し》めた。

ゆっくりと準備室《じゅんびしつ》から出《で》て、ドッペルゲンガーが来《く》るのを待《ま》ち構《かま》える。

自分自身《じぶんじしん》なのだから、性格《せいかく》はよくわかっている。

いきなり「三十分後《さんじっぷんご》に技術工作室《ぎじゅつこうさくしつ》に行《い》けと、あなた自身《じしん》に言《い》われた」などと聞《き》けば、普通《ふつう》の人《ひと》なら怪《あや》しんで行《い》かないか、様子《ようす》を窺《うかが》うかのどちらかだろう。

だが、トワ自身《じしん》は願《ねが》いが叶《かな》うロッカーといういかにも怪《あや》しいことに平気《へいき》で手《て》を出《だ》すような性格《せいかく》だ。

だから、猜疑心《さいぎしん》よりも好奇心《こうきしん》が勝《か》つと知《し》っていた。

机《つくえ》の陰《かげ》に身《み》を潜《ひそ》め、そのときが来《く》るのを待《ま》つ。

これで二度目《にどめ》。だが、自分自身《じぶんじしん》を殺《ころ》すというのは慣《な》れるものではない。

口《くち》は渇《かわ》き、呼吸《こきゅう》が荒《あら》くなる。手《て》に視線《しせん》を落《お》とし、やはり震《ふる》えていると確認《かくにん》すると、その理由《りゆう》が恐怖《きょうふ》か緊張《きんちょう》かと暗《くら》く冷《つめ》たい部屋《へや》で考《かんが》えた。

そして、予定《よてい》の時間《じかん》よりも早《はや》くにそれは訪《おとず》れた。

ガラッという音《おと》とともに、室内《しつない》に入《はい》ってきた足音《あしおと》と気配《けはい》。

気《き》づかれないようそっと覗《のぞ》いてみると……間違《まちが》いなくトワのドッペルゲンガーがそこにいたのだ。

来《き》た！

ドクンと心臓《しんぞう》が激《はげ》しく音《おと》を立《た》てる。

「私《わたし》にここに来《く》るよう言《い》われたってコトコは言《い》ってたけど……何《なに》もないじゃない。変《へん》なの。まああの子《こ》はいつも変《へん》だけど、まさかここまで変《へん》だとは思《おも》わなかったね」

そう独《ひと》り言《ごと》をつぶやきながら、ゆっくりと室内《しつない》を歩《ある》き始《はじ》めたドッペルゲンガー。

キュッキュッという靴《くつ》が床《ゆか》に擦《す》れる音《おと》が、トワが隠《かく》れている机《つくえ》の横《よこ》を通《とお》り過《す》ぎる。

今《いま》しかない。タイミングを見誤《みあやま》れば、気《き》づかれてしまい逃《に》げられるのは確実《かくじつ》。

そうなれば反撃《はんげき》だってされるかもしれない。

ドッペルゲンガーを殺《ころ》してロッカーに入《い》れなければ自分《じぶん》が死《し》ぬという条件《じょうけん》が、トワの右《みぎ》手《て》に力《ちから》を込《こ》めさせた。


少女《しょうじょ》は暗《くら》い部屋《へや》の中《なか》で、荒《あら》い呼吸《こきゅう》を落《お》ち着《つ》かせようと立《た》ち尽《つ》くしていた。

血《ち》が付《つ》いたトンカチ。

見開《みひら》いた目《め》で見《み》つめる先《さき》には、床《ゆか》に伏《ふ》せたもうひとりの少女《しょうじょ》の姿《すがた》。

強《つよ》い力《ちから》で殴打《おうだ》されたのだろう。頭《あたま》は陥没《かんぼつ》して血《ち》が流《なが》れている。

何《なに》が起《お》こったのか理解《りかい》もできなかっただろう。

ドッペルゲンガーはなんの抵抗《ていこう》もせず、背後《はいご》から打《う》ちつけられた凶器《きょうき》に命《いのち》を奪《うば》われて、床《ゆか》に伏《ふ》したのだ。

同《おな》じ顔《かお》の少女《しょうじょ》を殺《ころ》した少女《しょうじょ》はトンカチを放《ほう》り投《な》げて、死体《したい》を背後《はいご》から抱《かか》えてゆっくりと準備室《じゅんびしつ》に向《む》かう。

「はぁ……はぁ……悪《わる》く思《おも》わないでよね。ドッペルゲンガーに会《あ》ったら死《し》ぬって言《い》われてるから、私《わたし》がこうしないとどの道死《みちし》んでしまうんだよね。恨《うら》むなら、私《わたし》のドッペルゲンガーに生《う》まれたあんたの運命《うんめい》を恨《うら》んでよね」

自分《じぶん》は悪《わる》くない、そうしなければならないんだと言《い》い聞《き》かせて、ドッペルゲンガーをなんとか運《はこ》んだ。それを抱《かか》え上《あ》げてロッカーに入《い》れ、扉《とびら》を閉《し》めて深《ふか》いため息《いき》をついた。

「これで……また次《つぎ》の願《ねが》いを叶《かな》えてもらえるのかな。お願《ねが》い……もう一度《いちど》だけ。元《もと》の状態《じょうたい》に戻《もど》してほしい」

しばらくしてからロッカーをそっと開《あ》けたトワは、そこに入《い》れたはずのドッペルゲンガーが消《き》えたことに安堵《あんど》した。

きっと、あれは願《ねが》いに対《たい》する後払《あとばら》いの対価《たいか》なのだろう。

一回目《いっかいめ》も思《おも》ったが、ロッカーに入《い》れたドッペルゲンガーが消滅《しょうめつ》するからこそ、トワは殺《ころ》すことを罪悪感《ざいあくかん》なく実行《じっこう》できたのだ。

ロッカーに入《い》れたドッペルゲンガーはどこに消《き》えたのだろう。

願《ねが》いを叶《かな》える対価《たいか》だとトワは強引《ごういん》に理解《りかい》したものの、その行《い》く先《さき》を考《かんが》えないわけではない。

「まあいいや。お願《ねが》い、元《もと》に戻《もど》して。元《もと》に……元《もと》に戻《もど》してください」

おそらく最初《さいしょ》のドッペルゲンガーを殺《ころ》したときに、トワの中《なか》で何《なに》かが壊《こわ》れたのだろう。

願《ねが》いを叶《かな》えるためだけに自分《じぶん》と同《おな》じ姿《すがた》の人間《にんげん》を殺《ころ》し、ロッカーにつめ込《こ》んで消《け》してしまう。そしてまた願《ねが》いを叶《かな》えて、次《つぎ》のドッペルゲンガーを殺《ころ》す。

この罪深《つみぶか》い一連《いちれん》の行動《こうどう》を願《ねが》いのためだと正当化《せいとうか》して、当《あ》たり前《まえ》に行《おこな》うようになってしまったのだから。

暗《くら》いロッカー。祈《いの》りを口《くち》にして目《め》を閉《と》じていたトワは、今《いま》までに感《かん》じたことのないほど不気味《ぶきみ》な雰囲気《ふんいき》に身震《みぶる》いせざるを得《え》なかった。

願《ねが》いを叶《かな》える前《まえ》の元《もと》の世界《せかい》に戻《もど》ったはずだ。

それなのに、この違和感《いわかん》はなんだろうとロッカーから出《で》たトワは、再《ふたた》びトンカチを手《て》に取《と》り、準備室《じゅんびしつ》から出《で》た。

暗《くら》い。

あまりにも暗《くら》い。

校舎《こうしゃ》の中《なか》だけでなく、屋外《おくがい》も暗《くら》くて紫色《むらさきいろ》の不気味《ぶきみ》な世界《せかい》が広《ひろ》がっている。

「どういうこと……？　元《もと》に戻《もど》ったんでしょ？　私《わたし》の願《ねが》いは叶《かな》えられたんだよね？　それなのにどうしてこんな不気味《ぶきみ》なの。急《きゅう》に天気《てんき》が変《か》わったにしては……」

空気《くうき》が重《おも》い。

冷《つめ》たくドロッとした空気《くうき》が足《あし》にまとわりつき、トワの動《うご》きを邪魔《じゃま》しているかのようだ。

水《みず》の中《なか》を歩《ある》いているような感覚《かんかく》。

それでも、願《ねが》いを叶《かな》える条件《じょうけん》の通《とお》り、ここにもいるはずのドッペルゲンガーを殺《ころ》さなければならない。

こんな不気味《ぶきみ》な校舎《こうしゃ》に、本当《ほんとう》にドッペルゲンガーがいるのか……いや、そもそも生徒《せいと》が存在《そんざい》しているのかも怪《あや》しく、トワはますます不安《ふあん》になる。

「ひ、ひっ！」

技術工作室《ぎじゅつこうさくしつ》から出《で》て廊下《ろうか》を見《み》た瞬間《しゅんかん》、トワは言葉《ことば》にならない小《ちい》さな悲鳴《ひめい》を上《あ》げた。

廊下《ろうか》を動《うご》き回《まわ》る……いや、這《は》い回《まわ》ると言《い》ったほうが近《ちか》い、もはや人間《にんげん》とも呼《よ》べない異《い》

形《ぎょう》の生物《せいぶつ》がそこら中《じゅう》にいたのだ。

四《よ》つん這《ば》いで動《うご》き、空気《くうき》が漏《も》れているような「あ、あ、あ」という声《こえ》を出《だ》すその姿《すがた》はあまりにも不気味《ぶきみ》で。

制服《せいふく》を着《き》ていることが、かろうじて生徒《せいと》の成《な》れの果《は》てだということを教《おし》えてくれるが、トワは混乱《こんらん》するばかり。

「え、え、ど、どうして……元《もと》に戻《もど》るんじゃないの!?　私《わたし》の願《ねが》いは叶《かな》ったんじゃないの!?」

この時点《じてん》で、すでにトワの願《ねが》いが叶《かな》っていないことは明白《めいはく》。

いや、そもそも今《いま》までだって願《ねが》いが叶《かな》っていたのかと考《かんが》えると怪《あや》しいものだ。

たしかに、最初《さいしょ》の願《ねが》いは叶《かな》ったと言《い》えるだろう。

ロッカーに入《はい》り、イジメはなくなった。

だが、結果《けっか》別人《べつじん》のようだと避《さ》けられてしまったことはイジメとは違《ちが》うのだろうか。

そう考《かんが》えると、何《なに》ひとつとして願《ねが》いなど叶《かな》っていないのだ。

二回目《にかいめ》の願《ねが》いはどうだ?

金持《かねも》ちになったかどうかはわからないが、誰《だれ》よりも美人《びじん》で頭《あたま》がいいというのは、自分以《じぶんい》外《がい》の人《ひと》たちが異形《いぎょう》になっただけではないか。

そして今《いま》、さらに恐《おそ》ろしいことが起《お》こっている。

「まさか……願《ねが》いが叶《かな》うわけではなかったの？　だとすれば、あのロッカーはなんだって言《い》うの!?」

願《ねが》いが叶《かな》わない。

それはつまり元《もと》の世界《せかい》には戻《もど》らないということ。

さらに、願《ねが》いを叶《かな》えようとするたび、どんどん悪《わる》い状況《じょうきょう》になっているのだ。

だが、トワの考《かんが》えは違《ちが》った。

「違《ちが》う！　違《ちが》う違《ちが》う違《ちが》う違《ちが》う違《ちが》う違《ちが》う違《ちが》う違《ちが》う違《ちが》う違《ちが》う違《ちが》う！　きっと私《わたし》の願《ねが》いの強《つよ》さが足《た》りなかったんだ！　今度《こんど》こそ……今度《こんど》こそ元《もと》に戻《もど》るんだ！」

強《つよ》い気持《きも》ちで、異形《いぎょう》が這《は》いずる廊下《ろうか》に飛《と》び出《だ》す。すると、生徒《せいと》のひとりがわずかに顔《かお》とわかる部分《ぶぶん》でニタリと笑《わら》いかけてくる。

そして「ヒヨッ、ヒヨッ」とうれしそうな声《こえ》を上《あ》げながら、トワに駆《か》け寄《よ》ってきた。

そのあまりにも不気味《ぶきみ》な姿《すがた》に鳥肌《とりはだ》が立《た》ったが、今《いま》は異形《いぎょう》の生徒《せいと》に構《かま》っている暇《ひま》はない。

「気持《きも》ち悪《わる》い！　寄《よ》ってこないでよ！」

足元《あしもと》まで来《き》た生徒《せいと》を踏《ふ》みつけ、その横《よこ》を通《とお》り過《す》ぎて教室《きょうしつ》に向《む》かう。

トワにとって、理性《りせい》など感《かん》じない生徒《せいと》たちは、もはや怪物《かいぶつ》という認識《にんしき》しかなかったのである。

「ドッペルゲンガーはどこにいるの!?　というかこんな気持《きも》ち悪《わる》い世界《せかい》に本当《ほんとう》にそんなのいるの!?」

どこに行《い》けばいいのかまったくわからない。

廊下《ろうか》を走《はし》って自分《じぶん》の教室《きょうしつ》へ向《む》かう。

必死《ひっし》に異形《いぎょう》の生徒《せいと》から逃《に》げながら、やっとの思《おも》いでたどり着《つ》いた教室《きょうしつ》。

するとそこには……異形《いぎょう》たちに取《と》り囲《かこ》まれながら、笑顔《えがお》で話《はなし》をしている自分自身《じぶんじしん》の姿《すがた》。

ドッペルゲンガーがいたのだった。

その光景《こうけい》を見《み》たトワは強烈《きょうれつ》な違和感《いわかん》を覚《おぼ》える。

今《いま》までドッペルゲンガーという言葉《ことば》から、自分《じぶん》の幽霊《ゆうれい》のような存在《そんざい》だと思《おも》い込《こ》んでいた。

だからほかの人《ひと》には見《み》えないとか、自分《じぶん》にしか関係《かんけい》がないのではないかと。しかし前回《ぜんかい》の異形《いぎょう》たちもそうだが、明《あき》らかに「天羽《あもう》トワ」という人物《じんぶつ》を認識《にんしき》していたではないか。

「何《なに》これ……つまりどういうことなの!?　一体《いったい》どういう……」

教室《きょうしつ》の前《まえ》で、混乱《こんらん》しながらつぶやいたトワ。

「えっ、誰《だれ》!?」

ドッペルゲンガーが声《こえ》を上《あ》げ、教室《きょうしつ》の入口《いりぐち》に顔《かお》を向《む》けると、そこには自分《じぶん》と同《おな》じ姿《すがた》をしたトワがいた。

お互《たが》いに混乱《こんらん》したことだろう。

もちろんその混乱《こんらん》の内容《ないよう》は違《ちが》うが、言葉《ことば》を発《はっ》することもできずに、ただお互《たが》いを見《み》つめて。

「ヒョッ、ヒョッ、ヒョッ」

ドッペルゲンガーだけではなく、異形《いぎょう》の生徒《せいと》たちも戸惑《とまど》っているかのように声《こえ》を上《あ》げる。

「ま、待《ま》ってコトコ。私《わたし》が……もうひとりいる？　なんなのこれ。夢《ゆめ》じゃないよね？　あなた……私《わたし》……じゃないよね」

どうしてこんな不気味《ぶきみ》な世界《せかい》で、このドッペルゲンガーは普通《ふつう》に生《い》きられるのか、トワはますます混乱《こんらん》するが、今《いま》はそんなことを考《かんが》えているときではないと首《くび》を横《よこ》に振《ふ》った。

「え、えっと……そこの私《わたし》、ちょっと来《き》て！　大事《だいじ》な話《はなし》があるの！　もうどうなってるのかがわからなくて……助《たす》けてほしいの！」

急《きゅう》に自分《じぶん》と同《おな》じ姿《すがた》をした人間《にんげん》にそんなことを言《い》われ、ドッペルゲンガーはさぞかし混乱《こんらん》しただろう。

だが、容姿《ようし》も声《こえ》もまったく同《おな》じ人間《にんげん》だ。

そして、トワ自身《じしん》が願《ねが》いが叶《かな》うロッカーなどという怪《あや》しげな噂《うわさ》を信《しん》じるほどの好奇心《こうきしん》の持《も》ち主《ぬし》である。

そのドッペルゲンガーもまた、同《おな》じ好奇心《こうきしん》を持《も》っていた。

「わ、わかった。みんな、ちょっと待《ま》ってて。私《わたし》、この人《ひと》の話《はなし》を聞《き》くから。もしかしたら未来《みらい》からタイムスリップしてきたのかもしれないし」

ドッペルゲンガーとはいえ、まったく同《おな》じ思考《しこう》をしているのだろう。好奇心旺盛《こうきしんおうせい》なトワらしい考《かんが》えである。

「あ、ありがとう。ちょっと技術工作室《ぎじゅつこうさくしつ》の準備室《じゅんびしつ》で話《はなし》があるんだ」

異形《いぎょう》たちから離《はな》れて、技術工作室《ぎじゅつこうさくしつ》の準備室《じゅんびしつ》にやってきたふたり。

「これが……願《ねが》いが叶《かな》うロッカー？　それで、どうしてもうひとり私《わたし》がいるわけ？　もしかして別《べつ》の世界《せかい》に逃《に》げたいとか思《おも》っ――」

錆《さ》びたロッカーを不思議《ふしぎ》そうに見《み》つめて、そんなことをつぶやいたドッペルゲンガー。

直後《ちょくご》、頭部《とうぶ》に強烈《きょうれつ》な衝撃《しょうげき》を受《う》けて、そのままロッカーの中《なか》に倒《たお》れ込《こ》んだのだ。

「はぁ……はぁ……こんな世界《せかい》で生《い》きたいと思《おも》うわけないじゃない。私《わたし》は元《もと》の世界《せかい》に帰《かえ》りたいのよ！」

振《ふ》り下《お》ろしたトンカチが頭蓋骨《ずがいこつ》を砕《くだ》いて、その内部《ないぶ》にもダメージを与《あた》えたことは、何度《なんど》もドッペルゲンガーを殺《ころ》しているから感覚《かんかく》でわかった。

無理矢理《むりやり》にロッカーに押《お》し込《こ》み、扉《とびら》を閉《し》めてもたれかかる。

「はぁ……はぁ……こ、今度《こんど》こそ、今度《こんど》こそ私《わたし》を元《もと》の世界《せかい》に……」

しばらくして、ロッカーの中《なか》が空《から》っぽになっていることを確認《かくにん》して、トワは祈《いの》りながら中《なか》に入《はい》った。

「もう、本当《ほんとう》に元《もと》に戻《もど》してください。いじめられてても、無視《むし》されててもいいですから元《もと》に戻《もど》してください。お願《ねが》いします。お願《ねが》いしますします……」

その願《ねが》いは数分間《すうふんかん》続《つづ》いた。

なぜすぐに出《で》なかったのか。

それは、ロッカーを出《で》るまでは世界《せかい》がどうなっているかわからないから。

言《い》ってしまえば、ロッカーから出《で》るまでは期待《きたい》と希望《きぼう》に溢《あふ》れている世界《せかい》を、夢見《ゆめみ》ている状態《じょうたい》なのだ。

散々《さんざん》悪《わる》いほうへ進《すす》む世界《せかい》に、トワの足《あし》は完全《かんぜん》に止《と》まっていた。

だが、トワの期待《きたい》を裏切《うらぎ》るような気配《けはい》が、ロッカーの外《そと》から迫《せま》ってくるのがわかった。

もはやこの世界《せかい》にも期待《きたい》はできないと、思《おも》い切《き》ってロッカーを開《あ》けたトワは、その瞬間《しゅんかん》絶望《ぜつぼう》することとなった。

空《そら》は紫《むらさき》と赤《あか》が入《い》り混《ま》じった恐《おそ》ろしい色《いろ》をしている。

そして、暗《くら》く重《おも》かった空気《くうき》がさらに禍々《まがまが》しいものになっているのを感《かん》じる。

もはや泥《どろ》の中《なか》を歩《ある》いているかのようだ。

「なんで！　なんで私《わたし》の願《ねが》いが叶《かな》わないの⁉　願《ねが》いを叶《かな》えてくれるんじゃなかったの⁉　いい加減《かげん》にしてよ！　私《わたし》は元《もと》の世界《せかい》に帰《かえ》りたいだけなのに！」

パニック状態《じょうたい》で準備室《じゅんびしつ》を飛《と》び出《だ》し、技術工作室《ぎじゅつこうさくしつ》を飛《と》び出《だ》したが……トワはさらに絶望《ぜつぼう》に包《つつ》まれる。

先《さき》ほどの異形《いぎょう》でさえ、まだ人間《にんげん》だと言《い》えるほどの怪物《かいぶつ》。

怪物《かいぶつ》が怪物同士《かいぶつどうし》で食《く》い合《あ》い、ボリボリと骨《ほね》をむさぼっている光景《こうけい》が廊下《ろうか》に広《ひろ》がっていた。

トワはわかっていたのだ。

これは願《ねが》いを叶《かな》える儀式《ぎしき》ではないことを。

そして今《いま》まで殺《ころ》したのはドッペルゲンガーなどではなく、この世界《せかい》に住《す》む自分自身《じぶんじしん》なのだということを。

ただ、元《もと》の世界《せかい》に戻《もど》れないと信《しん》じたくなかったから、願《ねが》いが叶《かな》っていないと思《おも》い込《こ》んでいただけなのだろう。

怪物《かいぶつ》がそんなトワに気《き》づき、大口《おおぐち》を開《あ》けて迫《せま》ってくる。

トワは理解《りかい》してしまった絶望《ぜつぼう》の状況《じょうきょう》に、その場《ば》に座《すわ》り込《こ》む。

迫《せま》りくる大口《おおぐち》から逃《に》げることもできず、何《なに》も考《かんが》えられずにその光景《こうけい》を見《み》ることしかできなかった。


〜翌日《よくじつ》〜

トワがリンドウに相談《そうだん》にきた翌日《よくじつ》、朝《あさ》のホームルームの時間《じかん》に、先生《せんせい》の口《くち》から彼女《かのじょ》が死《し》亡《ぼう》したと言《い》われて、心当《こころあ》たりがある人《ひと》はいないかと尋《たず》ねられた。

技術工作室《ぎじゅつこうさくしつ》の鍵《かぎ》を借《か》りたまま、いなくなったトワを捜《さが》していた先生《せんせい》が、おそらく遺体《いたい》を見《み》つけたのだろう。

頭部《とうぶ》を何《なに》かで殴《なぐ》られ頭蓋骨《ずがいこつ》が陥没《かんぼつ》していたようで、他殺《たさつ》と断定《だんてい》されたらしいが、犯人《はんにん》が見《み》つからないようだった。

重要《じゅうよう》なことはほぼ言《い》わなかったが、リンドウにはその詳細《しょうさい》がわかっていた。

(犯人《はんにん》など出《で》てこないだろう。トワくんを殺《ころ》したのはおそらくトワくん自身《じしん》。そして見《み》つかったトワくんは、僕《ぼく》に相談《そうだん》をしにきたトワくんではないな。遺体《いたい》が見《み》つかったのはおそらくあのロッカーだ)

昨日《きのう》、トワと話《はなし》をしたときからリンドウはずっと考《かんが》えていた。

もしもトワが昨日言《きのうい》った願《ねが》いを叶《かな》えたとすれば、自分《じぶん》たちはどうなるのだろうかと。

誰《だれ》よりも美人《びじん》で頭《あたま》がよくなったなら、自慢《じまん》をしに図書室《としょしつ》に現《あらわ》れるかと思《おも》ったが、そうではなく遺体《いたい》となって発見《はっけん》された。

つまり、彼女《かのじょ》はここは違《ちが》う別《べつ》の世界《せかい》に移動《いどう》したのだ。

(並行世界《へいこうせかい》というものが存在《そんざい》するなら、この世界《せかい》と似《に》ているが、少《すこ》し違《ちが》う世界《せかい》があるはずだ。願《ねが》いが叶《かな》ったら、どこかに存在《そんざい》するドッペルゲンガーを殺《ころ》してロッカーに入《い》れなければならない)

給食《きゅうしょく》を食《た》べながら、リンドウは考《かんが》えていた。

「この世界《せかい》から抜《ぬ》け出《だ》して、お金持《かねも》ちの才色兼備《さいしょくけんび》となったなら、もうここに戻《もど》ってくる必要《ひつよう》などないだろうな。そう思《おも》うと少《すこ》しうらやましくもあるか」

「お？　ブツブツ独《ひと》り言《ごと》かよリンドウ。食《た》べないならその肉団子《にくだんご》ひとつもらっていいか？」

クラスメイトの一条《いちじょう》ゲンが、楽《たの》しみに残《のこ》しておいた肉団子《にくだんご》に箸《はし》を伸《の》ばした。だが、リンドウはゲンの手首《てくび》を掴《つか》んでそれを制止《せいし》した。

「おっと、僕《ぼく》の大好物《だいこうぶつ》の肉団子《にくだんご》を渡《わた》すわけにはいかない。食《た》べられるくらいなら先《さき》に僕《ぼく》が食《た》べてしまおう」

肉団子《にくだんご》を三《みっ》つ、ゲンに取《と》られる前《まえ》にと慌《あわ》てて口《くち》の中《なか》に放《ほう》り込《こ》んだ。

リンドウが満面《まんめん》の笑《え》みを浮《う》かべて食《た》べた姿《すがた》を見《み》て、ゲンは悔《くや》しそうに顔《かお》を引《ひ》きつらせた。

「それにしてもお前《まえ》、この世界《せかい》から抜《ぬ》け出《だ》してとか変《へん》なこと言《い》ってるよな。そんなに嫌《いや》なことがあったかよ」

「いや、そうではないのだけどね。僕《ぼく》は満足《まんぞく》しているよ、『この世界《せかい》』には」

その言葉《ことば》を聞《き》いて、ゲンは興味《きょうみ》なさそうに牛乳《ぎゅうにゅう》を飲《の》む。

「まあいいけどよ。この世界《せかい》とは別《べつ》の世界《せかい》があるなら、俺《おれ》がヒーローになってる世界《せかい》に行《い》ってみたいよな」

「……天羽《あもう》トワくんは似《に》たような願《ねが》いを叶《かな》えたいと言《い》っていたよ。そして死亡《しぼう》したみたいだ」

「マ、マジかよ……思《おも》うだけで殺《ころ》されるとかどんなだよ」

強《つよ》く願《ねが》ったから死《し》ぬわけではない。

努力《どりょく》もせずに、怪《あや》しげな噂《うわさ》に頼《たよ》って望《のぞ》むすべてを手《て》に入《い》れようとしたから死《し》んだのだ。

それも願《ねが》った本人《ほんにん》ではなく、別《べつ》の世界《せかい》で生《い》きていた自分《じぶん》が殺《ころ》されてロッカーに押《お》し込《こ》まれるのだ。

等価交換《とうかこうかん》とも言《い》うべきか、トワが去《さ》ったこの世界《せかい》には、トワがひとりもいない状態《じょうたい》になってしまう。

だが、移動《いどう》した先《さき》の世界《せかい》ではトワはふたり。

だから自分《じぶん》の代《か》わりに、その世界《せかい》で生《い》きていた自分《じぶん》を殺《ころ》してロッカーに放《ほう》り込《こ》むのだ。

その遺体《いたい》がこの世界《せかい》に移動《いどう》する。

それにより世界《せかい》の均衡《きんこう》を保《たも》っているのではないかと、リンドウは考《かんが》えるしかなかった。

「お前《まえ》は……やっぱり工藤《くどう》がいる世界《せかい》がいいか？　あいつ死《し》んじゃったけど、仲《なか》がいいときがあっただろ？　お前《まえ》」

チラリと横《よこ》を見《み》ると、ハルコの机《つくえ》に置《お》かれた花《はな》がさびしそうに項垂《うなだ》れている。

たしかに願《ねが》いが叶《かな》えられるなら、ハルコがいる世界《せかい》に行《い》くことも可能《かのう》だろう。

「ハルコは……そうだな。会《あ》えるならば、またハルコに会《あ》いたいが」

ハッキリとした答《こた》えは出《で》なかった。

願《ねが》いを叶《かな》えたいと強《つよ》く思《おも》えば、あのロッカーに魅入《みい》られてしまうような気《き》がしたから。

それに、リンドウには思《おも》うところがあったから、そう簡単《かんたん》に別《べつ》の世界《せかい》に行《い》きたいなどとは言《い》わなかった。


～数日後《すうじつご》～

放課後《ほうかご》、マントに学帽姿《がくぼうすがた》のリンドウは例《れい》のロッカーの前《まえ》に立《た》ち、蔑《さげす》むような目《め》を向《む》けて

いた。

「トワくん。キミは増大《ぞうだい》する己《おのれ》の欲《よく》に負《ま》けたのだ。努力《どりょく》なくして願《ねが》いなど叶《かな》わない。キミは、この世界《せかい》に馴染《なじ》む努力《どりょく》をしなかったから、安易《あんい》に別《べつ》の世界《せかい》を望《のぞ》んだのだよ」

ため息《いき》をつき呆《あき》れた様子《ようす》でそう言《い》ったリンドウに、いつの間《ま》にか背後《はいご》に立《た》っていたカナデが尋《たず》ねた。

「でも、リンドウは願《ねが》いを叶《かな》えたいと思《おも》わないの？　工藤《くどう》ハルコ……好《す》きだったんでしょ？　もう一度《いちど》同《おな》じ時間《じかん》を過《す》ごしたいと思《おも》わないの？」

その言葉《ことば》にリンドウは眉間《みけん》にしわを寄《よ》せる。

「僕《ぼく》の心《こころ》を揺《ゆ》さぶらないでくれ。今《いま》にも誘惑《ゆうわく》に負《ま》けてしまいそうになる。好《す》きだったさ。夢《ゆめ》で見《み》た同級生《どうきゅうせい》を好《す》きになるなんて、ガキっぽいと笑《わら》われるかもしれないけどね。だけど、この世界《せかい》の僕《ぼく》が欲《よく》を出《だ》してそれを望《のぞ》めば、普通《ふつう》に生《い》きている別《べつ》の世界《せかい》の僕《ぼく》が死《し》ぬことになる。それに……僕《ぼく》にはカナデくんという友達《ともだち》がいる。消《き》えてしまったが、ロアンくんもいた。この世界《せかい》に留《とど》まる理由《りゆう》はそれで十分《じゅうぶん》じゃないか」

そう言《い》い、すべてを忘《わす》れるように準備室《じゅんびしつ》を去《さ》ったリンドウを、カナデはただ見送《みおく》ることしかできなかった。

◆　◆　◆

暗《くら》い部屋《へや》。スポットライトがイスに腰掛《こしか》けた怪人《かいじん》ミラーを照《て》らし出《だ》している。

その表情《ひょうじょう》はどこか憂《うれ》いを帯《お》びているようにも見《み》える。

鏡《かがみ》の仮面《かめん》を被《かぶ》っていて、どんな表情《ひょうじょう》かはわからないはずなのだが。

「なぜ、あの少年《しょうねん》は欲望《よくぼう》に素直《すなお》にならないのでしょうね。天羽《あもう》トワくんのように何度《なんど》も何《なん》度《ど》も、自分《じぶん》の思《おも》い通《どお》りになるまで願《ねが》いを叶《かな》えようとすればいいのです。まあ、その結果《けっか》何《なに》が起《お》こっても私《わたし》は責任《せきにん》を取《と》りませんがね。さて、その彼女《かのじょ》はどうなったのでしょうか？

この世界《せかい》の住人《じゅうにん》ではなくなったので、追《お》えるかどうかはわかりませんが……」

そう言《い》い、額《ひたい》に人差《ひとさ》し指《ゆび》を当《あ》てて少《すこ》しうつむいた怪人《かいじん》ミラー。

世界《せかい》が違《ちが》っていても天羽《あもう》トワの行方《ゆくえ》を追《お》うことができるのか。

どの世界《せかい》でも自由《じゆう》に覗《のぞ》けるならば、まるで神様《かみさま》のようではないか。

「……あなた、今私《いまわたし》を神《かみ》のようだと思《おも》いませんでしたか？　私《わたし》の力《ちから》はもっと限定的《げんていてき》なものでしてね。『願《ねが》いが叶《かな》うロッカー』という怪談《かいだん》をたどって天羽《あもう》トワくんの意識《いしき》を探《さが》しているに過《す》ぎません……おっと、どうやらわずかですが、彼女《かのじょ》を捉《とら》えたようです」

安堵《あんど》したように息《いき》をついた怪人《かいじん》ミラーは、パチンと指《ゆび》を鳴《な》らした。

すると、その頭上《ずじょう》に粗《あら》い映像《えいぞう》が映《うつ》し出《だ》される。

そちらに目《め》を向《む》けると、何《なに》やら一面赤黒《いちめんあかぐろ》い映像《えいぞう》が。

その中《なか》にピンク色《いろ》や白《しろ》い物《もの》も見《み》えるが、それがなんなのか理解《りかい》できない。

「おや、これではよくわかりませんね。天羽《あもう》トワくんの意識《いしき》が消《き》えそうで、鮮明《せんめい》には映《うつ》らないようです。もう少《すこ》しハッキリと……って、う、うわわっ！」

思《おも》いもよらない怪人《かいじん》ミラーの慌《あわ》てた声《こえ》。

一瞬《いっしゅん》、視線《しせん》を怪人《かいじん》ミラーに向《む》けるが、頭上《ずじょう》の映像《えいぞう》に戻《もど》すと……なるほど、その声《こえ》の意味《いみ》がわかった。

天羽《あもう》トワの頭部《とうぶ》をゴリゴリと骨《ほね》を噛《か》み砕《くだ》く異形《いぎょう》の化《ば》け物《もの》。

身体《からだ》はまるで飴玉《あめだま》のように転《ころ》がされ、数匹《すうひき》の化《ば》け物《もの》によって我先《われさき》にと噛《か》みつかれていた。

ピンク色《いろ》の物《もの》は肉片《にくへん》、白《しろ》い物《もの》は骨《ほね》だったのだ。

さまざまな死体《したい》を見《み》てきたであろう怪人《かいじん》ミラーも、化《ば》け物《もの》に弄《もてあそ》ばれるように食《く》われている姿《すがた》にはさすがに抵抗《ていこう》があったのだろう。

「い、意識《いしき》が消《き》えそうだった理由《りゆう》がわかりましたよ。私《わたし》がたどったのは記憶《きおく》の残滓《ざんし》。言《い》わば残《のこ》り香《が》のようなもの。まさかすでにお亡《な》くなりになっていたとは……うう」

泣《な》き真似《まね》をする怪人《かいじん》ミラーを冷《さ》めた目《め》で見《み》ていると、怪人《かいじん》ミラーはそれに気《き》づいたのか恥《は》ずかしそうに頭《あたま》をかいてこちらを見《み》つめた。

「今日《きょう》はあなた、意地悪《いじわる》ですね。それとも、私《わたし》のことが少《すこ》しはわかってきたということでしょうか。まあ、天羽《あもう》トワくんのことはもういいでしょう。それよりもあの少年《しょうねん》ですね。彼《かれ》はなぜ愛《あい》する少女《しょうじょ》がいる世界《せかい》に行《い》かなかったのでしょうか？　それほど好《す》きなら、願《ねが》いを叶《かな》えればよかったのに」

クスクスと笑《わら》いながら、こちらに顔《かお》を向《む》けた怪人《かいじん》ミラー。

リンドウは言《い》っていた。

大切《たいせつ》な友達《ともだち》がいるから十分《じゅうぶん》だと。

「おや、わからないようですね。彼《かれ》にも、人《ひと》に知《し》られたくない秘《ひ》密《みつ》があるということです。消《き》えた柳《やなぎ》ロアンくん、そしていつもそばにいる三《み》杉《すぎ》カナデくん。彼《かれ》らの秘《ひ》密《みつ》はそろそろ暴《あば》かれることになるでしょう。本人《ほんにん》も忘《わす》れようとしていた秘《ひ》密《みつ》がね」

何《なに》やらわけ知《し》り顔《がお》だが、このような話《はなし》をしているのだからその秘《ひ》密《みつ》とやらを知《し》っていても不《ふ》思《し》議《ぎ》ではない。

そう思《おも》うほどに、怪人《かいじん》ミラーはなんでも知《し》っているように見《み》えた。

「まあ……あなたもいずれわかりますよ。私《わたし》と怪《かい》奇《き》研《けん》究《きゅう》会《かい》との追《お》いかけっこは間《ま》もなく終《お》わりますし、どちらが勝《か》ったのかも……ね？　なんですかその顔《かお》は。私《わたし》がいるのだから、勝《か》ったのは私《わたし》だろうって？　さあ、それはどうでしょうね。では今日《きょう》はここまで。また次《じ》回《かい》お会《あ》いしましょう」

笑《わら》いながらそう言《い》い、怪人《かいじん》ミラーはパチンと指《ゆび》を鳴《な》らした。

スポットライトは消《き》え、また真《ま》っ暗《くら》な部《へ》屋《や》に戻《もど》った。

第三章《だいさんしょう》　怪人《かいじん》ミラーと怪奇研究会《かいきけんきゅうかい》・前編《ぜんぺん》

真《ま》っ暗《くら》な部屋《へや》。

そこにいつもいるはずの怪人《かいじん》ミラーの姿《すがた》はない。

降《ふ》り注《そそ》ぐ光《ひかり》の柱《はしら》に照《て》らされたイスが浮《う》かび上《あ》がるだけで、どこかに潜《ひそ》んでいそうな気配《けはい》もない。

不思議《ふしぎ》な空間《くうかん》の中《なか》にただひとり立《た》ち尽《つ》くしていると、イスの横《よこ》に置《お》かれている円形《えんけい》のサイドテーブルに、一枚《いちまい》の紙《かみ》があることに気《き》づいた。

ゆっくりとそれに近《ちか》づき、紙《かみ》を手《て》に取《と》ってみると。

柳《やなぎ》ロアン
三杉《みすぎ》カナデ
大切《たいせつ》なトモダチ

そう書《か》かれていた。

今《いま》までの怪人《かいじん》ミラーの話《はなし》から、これは楠木《くすのき》リンドウのメモなのだろうということがわかった。

怪人《かいじん》ミラーが目《め》を付《つ》けた人《ひと》は恐怖《きょうふ》に飲《の》まれ、必《かなら》ず死《し》を迎《むか》えていた。

となると、怪奇研究会《かいきけんきゅうかい》の末路《まつろ》は……

柳《やなぎ》ロアンはすでに夢《ゆめ》の中《なか》で怪物《かいぶつ》に食《く》われて消《き》えた。

三杉《みすぎ》カナデも楠木《くすのき》リンドウも死《し》んでしまうのだろうか。

いや、おそらく怪人《かいじん》ミラーがここで怪奇研究会《かいきけんきゅうかい》のことを語《かた》っていた時点《じてん》で勝者《しょうしゃ》はわかっている。

こちらとしては、ただ怪人《かいじん》ミラーの話《はなし》を聞《き》くだけだ。

しかし今回《こんかい》この部屋《へや》には誰《だれ》もいない。

ぼんやりと辺《あた》りを見回《みまわ》していると、突然《とつぜん》イスの上《うえ》に映像《えいぞう》が映《うつ》し出《だ》された。

妙《みょう》な雰囲気《ふんいき》が漂《ただよ》っていたが、その映像《えいぞう》に目《め》を向《む》けた。

なぜか見《み》なければならないような気《き》がして。

◆
◆
◆

「リンドウ……どうしてお前《まえ》は生《い》きてるんだ」

「楠木《くすのき》くん、助《たす》けてって言《い》ったよね」

「リンドウはどうして助《たす》かっているんだ？」

「リンドウ……リンドウ……リンドウリンドウリンドウリンドウリンドウリンドウリンドウ……リンドウ……リンドウ！」

過去《かこ》に命《いのち》を散《ち》らした多《おお》くの生徒《せいと》たちが現《あらわ》れ、リンドウに向《む》かって黒《くろ》い手《て》を伸《の》ばす。

「やめ……ろ！　僕《ぼく》のせいじゃない！」

水《みず》の中《なか》にいるような苦《くる》しさの中《なか》で、止《と》めていた空気《くうき》が一気《いっき》に肺《はい》の中《なか》に入《はい》り込《こ》んでくる。

悪夢《あくむ》というのは恐《おそ》ろしいものだ。普段《ふだん》、怖《こわ》いものなどないと息巻《いきま》いている人《ひと》でさえ、そんな夢《ゆめ》を見《み》ることがある。

そんな悪夢《あくむ》にうなされて目《め》を覚《さ》ましたリンドウは、頭《あたま》に手《て》を当《あ》てて考《かんが》え込《こ》んでいた。

「ハルコ……キミまで僕《ぼく》を恨《うら》んでいるのか。いや、違《ちが》うな。これは僕《ぼく》が抱《かか》える罪悪感《ざいあくかん》……救《すく》えなかった人《ひと》たちへのうしろめたい気持《きも》ちなんだ」

〜教室《きょうしつ》〜

休《やす》み時間《じかん》にぼんやりと窓《まど》の外《そと》を眺《なが》めて、平穏《へいおん》な日《ひ》に安堵《あんど》するリンドウ。

以前《いぜん》は怪奇研究会《かいきけんきゅうかい》の看板《かんばん》を掲《かか》げて、おもしろおかしく仲間《なかま》たちと活動《かつどう》していたのに、最近《さいきん》では人《ひと》が死《し》ぬような奇妙《きみょう》な現象《げんしょう》に巻《ま》き込《こ》まれている。

少《すこ》しずつ日常《にちじょう》が変《か》わっているのがわかっていた。

その理由《りゆう》はふたつある。

「なあ、怪人《かいじん》ミラーの話《はなし》を知《し》ってるか？」

突然《とつぜん》リンドウの耳《みみ》に、クラスメイトの信《しん》じられない声《こえ》が聞《き》こえて、慌《あわ》てて顔《かお》を向《む》けた。

だが、どこから聞《き》こえたのかがわからない。

注意深《ちゅういぶか》く聞《き》いていなかったから、それが誰《だれ》の声《こえ》かというのも。

「怪人《かいじん》ミラーの？」

何《なに》かと因縁《いんねん》のある相手《あいて》だ。

いや、むしろ首《くび》なし地蔵《じぞう》から始《はじ》まった一連《いちれん》の事件《じけん》は、怪人《かいじん》ミラーが引《ひ》き起《お》こしたものだという確信《かくしん》さえある。

多《おお》くの生徒《せいと》が死《し》んでしまい、好《す》きになった女《おんな》の子《こ》までもが永遠《えいえん》にいなくなってしまったのだから、心《こころ》がざわつかないはずがない。

怪人《かいじん》ミラーを許《ゆる》さない。絶対《ぜったい》に追《お》いつめてやるとリンドウは心《こころ》に決《き》めて、注意深《ちゅういぶか》く耳《みみ》を傾《かたむ》けていたが、こんなときに限《かぎ》って欲《ほ》しい情《じょう》

報《ほう》は得《え》られないものだ。

他愛《たあい》のない雑談《ざつだん》が、ずっと聞《き》こえていた。


そのあと、放課後《ほうかご》になるまでにリンドウは何度《なんど》か怪人《かいじん》ミラーの話《はなし》を耳《みみ》にした。

「怪人《かいじん》ミラーは放課後《ほうかご》、とある鏡《かがみ》の中《なか》に現《あらわ》れる」

トイレに行《い》こうと廊下《ろうか》を歩《ある》いていると、不意《ふい》にそんな声《こえ》が聞《き》こえ、また、体育《たいいく》の授業《じゅぎょう》で移動《いどう》していたときには。

「怪人《かいじん》ミラーはなんでも願《ねが》いを叶《かな》えてくれる」

すれ違《ちが》ったふたりの女子生徒《じょしせいと》のほうからそう聞《き》こえてきた。

慌《あわ》てて振《ふ》り返《かえ》ると、その女子生徒《じょしせいと》たちが足《あし》を止《と》め、無表情《むひょうじょう》でリンドウをジッと見《み》つめていた。

何《なに》か、世界《せかい》そのものが変《か》わったと思《おも》えてしまうほど、奇妙《きみょう》で不気味《ぶきみ》な雰囲気《ふんいき》がリンドウを包《つつ》み込《こ》もうとしている。

今《いま》まで耳《みみ》にしなかった、「怪人《かいじん》ミラー」という言葉《ことば》が聞《き》こえるようになり、いよいよそのときが近《ちか》づいているのだということを肌《はだ》で感《かん》じていた。

「僕《ぼく》は……多《おお》くの命《いのち》を奪《うば》った怪人《かいじん》ミラーを許《ゆる》さない。なんでも願《ねが》いを叶《かな》えてくれるだって？　ふざけるなよ」

それならばすべてを元《もと》に戻《もど》せ。

お前《まえ》が命《いのち》を奪《うば》った人《ひと》たちを返《かえ》せ。

その言葉《ことば》が頭《あたま》の中《なか》をグルグルと回《まわ》り、怒《いか》りを露《あら》わにして体育館《たいいくかん》に向《む》かった。

正体《しょうたい》を暴《あば》いてやる。

罪《つみ》を償《つぐな》わせてやると決意《けつい》して。

しかし、この学校《がっこう》の怪談《かいだん》に「願《ねが》いが叶《かな》う」ものがなぜこんなにも多《おお》いのか。

学校《がっこう》とはさまざまな念《ねん》が集《あつ》まるところだ。生徒《せいと》たちの強《つよ》い願《ねが》いが、そのような怪談《かいだん》を生《う》み出《だ》したのだろう。


〜図書室《としょしつ》〜

「遅《おそ》い。相談《そうだん》したいことがあるというのに、今日《きょう》に限《かぎ》ってカナデくんが来《こ》ないとはどういうことだ」

誰《だれ》もいない図書室《としょしつ》で、少《すこ》しイライラしながらリンドウは待《ま》っていた。

この感覚《かんかく》は前《まえ》にも味《あじ》わったことがあり、チラリと左側《ひだりがわ》に目《め》を向《む》ける。

視線《しせん》の先《さき》、今《いま》は誰《だれ》もいないそのイスには、以前《いぜん》ロアンが座《すわ》っていた。

そう、彼《かれ》が姿《すがた》を消《け》したときと同《おな》じ空気《くうき》を感《かん》じていて、恐《おそ》ろしかったのだ。

もしもこのままカナデが来《こ》ず、あのときと同《おな》じく消《き》え去《さ》ってしまったらと考《かんが》えたら気《き》が気《き》ではない。

リンドウはそれを何《なに》より恐《おそ》れていた。

リンドウにとって、ロアンもカナデも大切《たいせつ》な怪奇研究会《かいきけんきゅうかい》の仲間《なかま》であり、大切《たいせつ》な友達《ともだち》なのだから。

そんなことを考《かんが》えていたときだった。

「あ、いたいた。お前《まえ》、いつもそんなおかしな格好《かっこう》してるのかよ。なんか俺《おれ》の机《つくえ》の上《うえ》に楠木宛《くすのきあて》の手紙《てがみ》？　ラブレター？　みたいなのが置《お》かれてたから持《も》ってきてやったぜ」

図書室《としょしつ》の入口《いりぐち》からかけられたその声《こえ》に、リンドウはピクリと眉《まゆ》を動《うご》かして顔《かお》を上《あ》げた。

そこにはクラスメイトの一条《いちじょう》ゲンが封筒《ふうとう》を持《も》って立《た》っていたのだ。

「……ゲンくん、わざわざすまないね。それにしてもこの僕《ぼく》にラブレターとはね」

「いや、ラブレターかどうかは知《し》らないけどな。俺《おれ》、中身《なかみ》見《み》てないし」

見《み》てもいない手紙《てがみ》をラブレターと言《い》ったゲンは、リンドウをからかうつもりだったのだろう。

だが当《とう》のリンドウは呆《あき》れた様子《ようす》で首《くび》を横《よこ》に振《ふ》り、手紙《てがみ》を受《う》け取《と》る。その中《なか》から一枚《いちまい》のメモ書《が》きが。

『三杉《みすぎ》カナデは今日《きょう》消《き》える』

そう書《か》かれていたメモにゾクッと激《はげ》しい悪寒《おかん》が走《はし》った。

懸念《けねん》していたことが現実《げんじつ》になろうとしている。

誰《だれ》のイタズラかはわからないが、カナデが消《き》えると書《か》いてあるのだ。

そして、昼《ひる》から聞《き》こえた怪人《かいじん》ミラーの話《はなし》。

これは怪人《かいじん》ミラーからの挑戦状《ちょうせんじょう》に違《ちが》いないと、リンドウは立《た》ち上《あ》がりゲンの顔《かお》を見《み》た。

「ゲンくん、キミは怪人《かいじん》ミラーの話《はなし》を知《し》っているかい？　どうやら怪《あや》しげな噂《うわさ》があるようなのだが」

「怪人《かいじん》ミラー？　ああ、そんな話《はなし》を聞《き》いたことがあるかもな。六《むっ》つ上《うえ》の兄貴《あにき》がこの中学《ちゅうがく》に通《かよ》ってたとき、そんな怪談《かいだん》があるって散々《さんざん》ビビらされたんだけどさ」

「……詳《くわ》しく教《おし》えてくれないか？　なぜその話《はなし》が今《いま》では聞《き》かれなくなったのか、その怪談《かいだん》とはどんなことなのかが気《き》になるからね」

まずは敵《てき》を知《し》ることからだ。もしも相手《あいて》が怪人《かいじん》ミラーだとしたら、カナデは間違《まちが》いなく怪人《かいじん》ミラーに何《なに》かしらの方法《ほうほう》で消《け》されるのだろう。

リンドウに最大限《さいだいげん》のダメージを与《あた》えるためにだ。

だが、カナデが消《き》えるということが真実《しんじつ》だとして、一体今《いったいいま》どこにいるのかがわからない。

「もうすでに勝負《しょうぶ》は始《はじ》まっているというわけか。面倒《めんどう》なことをしてくれる。ゲンくん、怪《かい》人《じん》ミラーは放課後《ほうかご》にどこの鏡《かがみ》に現《あらわ》れるかわかるかい？」

焦《あせ》りが混《ま》じった不安《ふあん》そうな声《こえ》を発《はっ》してゲンを見《み》る。しかしゲンは小《ちい》さく唸《うな》って顔《かお》をしかめた。

「いや、わかんねぇ。三階《さんかい》の女子《じょし》トイレの鏡《かがみ》とか、職員《しょくいん》トイレの鏡《かがみ》とか、女子《じょし》の手鏡《てかがみ》に現《あらわ》れたって話《はなし》もあるんだけど、お前《まえ》はどう考《かんが》えるよ？」

「……僕《ぼく》が尋《たず》ねているのに、なぜキミが質問《しつもん》で返《かえ》してくるんだ。そんなのわかるはずが……」

そこまでリンドウが言《い》ったとき、左側《ひだりがわ》から不気味《ぶきみ》な気配《けはい》を感《かん》じ、思《おも》わずそちらのほうに目《め》を向《む》けた。

暗《くら》い。

放課後《ほうかご》とはいえ、まだ夕方《ゆうがた》だというのに本棚《ほんだな》の辺《あた》りが暗《くら》いというより黒《くろ》い。

そして……その辺《あた》りの空間《くうかん》がぐにゃりと曲《ま》がったかと思《おも》った次《つぎ》の瞬間《しゅんかん》。

ビタンッ！

存在《そんざい》を示《しめ》すように、肥大化《ひだいか》した肉塊《にくかい》が蠢《うごめ》き、リンドウたちのほうへ移動《いどう》を始《はじ》めているではないか。

「はぁ……はぁ……もうやめてよぉぉぉっ！　何度《なんど》死《し》んでも私《わたし》は死《し》ねないことがわからないのぉぉぉ!?　誰《だれ》でもいい、誰《だれ》でもいいから私《わたし》を殺《ころ》してよぉぉぉぉっ！」

その言葉《ことば》を発《はっ》した苦悶《くもん》の表情《ひょうじょう》で泣《な》き叫《さけ》ぶ頭部《とうぶ》に、同《おな》じ肉塊《にくかい》から生《は》えた腕《うで》が持《も》つノコギリが触《ふ》れる。そして頭部《とうぶ》を切断《せつだん》するために激《はげ》しく上下《じょうげ》したのだ。

「う、うわわわわっ！　な、なんだこれ、なんだよこれは！」

ゲンは知《し》らないが、これは地村《ちむら》ルミナの成《な》れの果《は》て。

首《くび》なし地蔵《じぞう》に恨《うら》みを込《こ》めて願《ねが》ったことが、自分《じぶん》に還《かえ》って異形《いぎょう》の化《ば》け物《もの》へ変化《へんか》した姿《すがた》だった。

「……まだ死《し》んでいなかったかルミナくん。あれからどれくらい死《し》んで、そしてまた生《う》まれたかわからないが。まさか僕《ぼく》たちまで襲《おそ》うつもりではないだろうな！」

ノコギリによって落《お》とされたルミナの首《くび》を受《う》け止《と》めた手《て》は、それを肉塊《にくかい》に浮《う》かび上《あ》がる無数《むすう》の顔《かお》へ運《はこ》ぶ。

グチャグチャ、バリバリと気味《きみ》の悪《わる》い音《おと》が聞《き》こえ、髪《かみ》の毛《け》一本《いっぽん》に至《いた》るまで丁寧《ていねい》に食《しょく》すと、再《ふたた》び肉塊《にくかい》からルミナの頭部《とうぶ》が生《う》まれる。

「どどど、どうなってんだよ楠木《くすのき》！　なんだよこの化《ば》け物《もの》！」

「これは……呪《のろ》いで変貌《へんぼう》した地村《ちむら》ルミナくんだ。なぜここにいるのかはわからないが、どうやら僕《ぼく》たちも食《く》おうとしているなこれは」

リンドウがそう思《おも》ったのは、肉塊《にくかい》の中《なか》に呪《のろ》いで死《し》んだ美術部員《びじゅつぶいん》以外《いがい》の顔《かお》もあったからだ。

「どうして！　どうして！　憎《にく》い憎《にく》い、目《め》に見《み》えるもの全部《ぜんぶ》憎《にく》い！　お前《まえ》たちも私《わたし》のようになるといいわ！」

そう言《い》うと、リンドウたちに倒《たお》れ込《こ》むように巨大《きょだい》な肉塊《にくかい》が迫《せま》ってきた。

「逃《に》げるしかない！　行《い》くぞゲンくん！」

「ひ、ひえええええっ！　勘弁《かんべん》してくれよ！」

慌《あわ》てて飛《と》び出《だ》した廊下《ろうか》。

あの巨体《きょたい》では図書室《としょしつ》から出《で》ることは不可能《ふかのう》に違《ちが》いないと、リンドウは安心《あんしん》していたが……そんなに甘《あま》くはなかった。

廊下《ろうか》の奥《おく》、黒《くろ》く蠢《うごめ》く影《かげ》が動《うご》き、奇妙《きみょう》に折《お》れた腕《うで》と脚《あし》を器用《きよう》に使《つか》い、床《ゆか》を這《は》うようにして迫《せま》ってくる。

これにも覚《おぼ》えがある。

「お前《まえ》は……八尾《やお》アキくんを追《お》っているのではなかったのか!?」

「ひえええっ！　今度《こんど》はなんだよこの不気味《ぶきみ》な幽霊《ゆうれい》はっ！」

「野々村《ののむら》アリスだ！　捕《つか》まったら命《いのち》を吸《す》い取《と》られる！　やはり逃《に》げるしかない！」

説明《せつめい》している暇《ひま》などない。

八尾《やお》アキを追《お》っているのとは別《べつ》の野々村《ののむら》アリスなのだろうか。

いよいよ怪人《かいじん》ミラーが、今《いま》まで関《かか》わった悪霊《あくりょう》や化《ば》け物《もの》を使《つか》って自分《じぶん》を追《お》いつめようとしているのだと、リンドウは思《おも》わずにはいられなかった。

反対側《はんたいがわ》、生徒玄関《せいとげんかん》の前《まえ》に出《で》る階段《かいだん》をゲンと駆《か》け下《お》りる。

生徒玄関《せいとげんかん》には生徒《せいと》たちが何人《なんにん》かいたが……何《なに》かがおかしい。

こちらをジッと見《み》つめていて、それ以外《いがい》は微動《びどう》だにせずに立《た》っているだけ。

まるで世界《せかい》が変《か》わってしまったか、悪夢《あくむ》にでも迷《まよ》い込《こ》んだような感覚《かんかく》だ。

しかしここから出《で》れば、狭《せま》い校舎《こうしゃ》の中《なか》を逃《に》げ回《まわ》らなくて済《す》む。

「ゲンくん、一旦外《いったんそと》に出《で》るぞ！　広《ひろ》い場所《ばしょ》に出《で》られさえすれば……」

そこまでリンドウが言《い》ったときだった。

生徒玄関《せいとげんかん》を横切《よこぎ》った奥《おく》の廊下《ろうか》。

体育館《たいいくかん》のほうから、大口《おおぐち》を開《あ》けた巨大《きょだい》な怪物《かいぶつ》が迫《せま》ってきたのだった。

「むむむむ、無理《むり》だ！　今度《こんど》はでっかい口《くち》が来《く》る！」

この怪物《かいぶつ》には見覚《みおぼ》えがある。

いや、大切《たいせつ》な人《ひと》をふたりも奪《うば》った許《ゆる》し難《がた》い悪夢《あくむ》の怪物《かいぶつ》だ、忘《わす》れるはずがない。

生徒玄関《せいとげんかん》に立《た》っていた女子生徒《じょしせいと》が、怪物《かいぶつ》の口《くち》の中《なか》の回転《かいてん》する刃《は》に触《ふ》れる。

同時《どうじ》に身体《からだ》が削《けず》られ、ガタガタと震《ふる》えながらうしろ半分《はんぶん》がなくなり、血《ち》と肉《にく》が周囲《しゅうい》に飛《と》び散《ち》り始《はじ》めた。

立《た》ち尽《つ》くす女子生徒《じょしせいと》の足《あし》を掴《つか》み、口《くち》の中《なか》へ運《はこ》ぶ。

回転《かいてん》する刃《は》に触《ふ》れるたび、血《ち》と肉《にく》が飛散《ひさん》する。

一瞬《いっしゅん》でスプラッターの世界《せかい》に変《か》わった生徒玄関《せいとげんかん》から逃《に》げ出《だ》すのは不可能《ふかのう》だと、悪夢《あくむ》の中《なか》で何度《なんど》か殺《ころ》されたことがあるリンドウは、教室《きょうしつ》のある校舎《こうしゃ》のほうに顔《かお》を向《む》けた。

「おいおい、逃《に》げるのかよリンドウ」

「私《わたし》の彼氏《かれし》だよね？　どうして私《わたし》を助《たす》けてくれないの？」

動《うご》き出《だ》したリンドウに、背後《はいご》から声《こえ》がかけられた。

ああ、懐《なつ》かしい声《こえ》だ。

何度《なんど》夢《ゆめ》で見《み》たかわからない、大切《たいせつ》な友達《ともだち》と恋人《こいびと》の声《こえ》だと、リンドウは足《あし》を止《と》めてゆっくりと振《ふ》り返《かえ》った。化《ば》け物《もの》の口《くち》の中《なか》、血塗《ちまみ》れで恐《おそ》ろしく黒《くろ》い目《め》をしたロアンとハルコの顔《かお》がある。

「お前《まえ》も来《こ》いよ。ハルコがさびしがってるだろ？」

そう言《い》ってロアンが手《て》を伸《の》ばしてくる。

その言葉《ことば》のなんと甘美《かんび》なことか。

伸《の》ばされた手《て》は、求《もと》めていた大切《たいせつ》な友達《ともだち》や恋人《こいびと》のものなのだから。

「ロアンくん……ハルコ……」

リンドウもその手《て》を取《と》ろうと手《て》を伸《の》ばす。

ゆっくりと、あと少《すこ》しで指先《ゆびさき》が触《ふ》れそうになったときだった。

「お、おい楠木《くすのき》！　何《なん》やってるんだよ！　死《し》ぬ気《き》か！」

ゲンのその声《こえ》にハッと我《われ》に返《かえ》ったリンドウ。

弾《はじ》かれるように手《て》を引《ひ》っ込《こ》めて、怪物《かいぶつ》の口《くち》の中《なか》にいるロアンとハルコを睨《にら》みつけた。

「……違《ちが》う。断《だん》じて違《ちが》う！　ハルコはそんなことを言《い》う女《おん》の子《な》ではない。そして僕《ぼく》の友達《ともだち》のロアンくんも、騙《だま》し討《う》ちをしようなどという腐《くさ》った根性《こんじょう》はしていないはずだ！」

そう叫《さけ》んだが、おもしろくないのは怪物《かいぶつ》の中《なか》にいるふたりである。

「ああ、そうかよ。だったら無理矢理《むりやり》にでもこちら側《がわ》に引《ひ》き込《こ》んでやるぜ！　ヒャーッハッハッハ！」

突然笑《とつぜんわら》い出《だ》し、リンドウを食《く》わんと動《うご》き出《だ》した怪物《かいぶつ》。

否定《ひてい》はしたものの、これはまずいと慌《あわ》てて校舎《こうしゃ》のほうに駆《か》け出《だ》したリンドウとゲン。

「ど、どうする！　階段《かいだん》か廊下《ろうか》か！」

「どっちでもいい！　迷《まよ》っている暇《ひま》などないぞゲンくん！」

「じゃ、じゃあ階段《かいだん》！　二階《にかい》に逃《に》げるぜ！」

どこに逃《に》げれば安全《あんぜん》かなど、わかるはずがない。

悪夢《あくむ》の通《とお》りならば、屋上《おくじょう》に脱出《だっしゅつ》するためのハシゴがあったが、残念《ざんねん》ながらここは現実世界《げんじつせかい》だ。

現実《げんじつ》からどこに脱出《だっしゅつ》できるのだろうと考《かんが》えたら、屋上《おくじょう》という選択肢《せんたくし》はなかった。

駆《か》け上《あ》がった階段《かいだん》。

二階《にかい》までやってくると、ゲンは廊下《ろうか》に出《で》ようとして足《あし》を止《と》めた。

「どうしたんだゲンくん！　止《と》まっている場合《ばあい》じゃ……」

「い、いる……Kがいる！　おいおいおいおいおい！　やめてくれよ俺《おれ》はいつ眠《ねむ》ったんだよ！　というかKはもう見《み》つけただろ！」

突然《とつぜん》パニックになり始《はじ》めたゲンの手《て》を引《ひ》き、三階《さんかい》に続《つづ》く階段《かいだん》に向《む》かって駆《か》ける。

部屋《へや》から出《で》られるはずのない巨体《きょたい》のルミナに、八尾《やお》アキを追《お》いかけているはずの野々村《ののむら》アリス。

そして悪夢《あくむ》の中《なか》の怪物《かいぶつ》までもがここにいるのだ。

Kだけでなく、いるはずのないものがいる。

「ここは夢《ゆめ》じゃない！　怪人《かいじん》ミラーが僕《ぼく》をあちらの世界《せかい》に引《ひ》きずり込《こ》もうとでもしているのだろう。僕《ぼく》から離《はな》れれば、ゲンくんだけは助《たす》かるかもしれないぞ」

階段《かいだん》を駆《か》け上《あ》がる間《あいだ》、ゲンは黙《だま》っていた。

どうするべきかを考《かんが》えているのだろう。

顔《かお》をしかめ、迷《まよ》いながら。

階段《かいだん》を上《のぼ》って三階《さんかい》。

意《い》を決《けっ》したようにゲンがリンドウの前《まえ》に出《で》て、トイレを指差《ゆびさ》した。

「一緒《いっしょ》にKを探《さが》した仲《なか》だろ。お前《まえ》を見捨《みす》てて逃《に》げられるかよ！　ここに逃《に》げるぞ。トイレならでかい怪物《かいぶつ》は入《はい》ってこられない。まあ、追《お》いつめられるかもだけど……」

「三階《さんかい》の……トイレか。なるほどゲンくん、ここに賭《か》けるしかないな」

急《いそ》いで入《はい》ったトイレの中《なか》。

手洗《てあら》い場《ば》の正面《しょうめん》には大《おお》きな鏡《かがみ》があり、怪《あや》しげな雰囲気《ふんいき》を醸《かも》し出《だ》している。

「ここに怪人《かいじん》ミラーが現《あらわ》れる……と言《い》われれば納得《なっとく》もできる不気味《ぶきみ》さだが」

「い、今《いま》はそれどころじゃねぇだろ！　早《はや》く隠《かく》れるぞ！」

リンドウは悩《なや》んだ。

怪物《かいぶつ》から逃《に》げるのが先《さき》か、それとも怪人《かいじん》ミラーを呼《よ》び出《だ》すのが先《さき》か。

元々《もともと》ここで怪人《かいじん》ミラーを呼《よ》び出《だ》せるかを確《たし》かめようとしていたのだから、ちょうどいいと言《い》えるのだが。

「早《はや》く来《こ》い……こっちに……来《こ》い」

ドアの外《そと》から聞《き》こえた背筋《せすじ》まで凍《こお》りつきそうな恐《おそ》ろしい声《こえ》。

迷《まよ》っている暇《ひま》などない。

ゲンの言《い》う通《とお》り、早《はや》く隠《かく》れるべきだと判断《はんだん》し、ふたりでトイレの個室《こしつ》に入《はい》った。

鍵《かぎ》をかけると同時《どうじ》にトイレの入口《いりぐち》のドアが勢《いきお》いよく開《ひら》き、Kが入《はい》ってきたことがわかる。

ベタベタと、腐《くさ》り落《お》ちた肉体《にくたい》を無理矢理《むりやり》歩《ある》かせている音《おと》が鼓膜《こまく》を震《ふる》わせ、言《い》いようのない恐怖《きょうふ》へ変《か》わっていく。

ふたりとも、Kの悪夢《あくむ》を経験《けいけん》しているのだ。

あのときの恐怖《きょうふ》が思《おも》い出《だ》されても不思議《ふしぎ》ではない。

Kに関《かん》しては夢《ゆめ》の中《なか》でも捕《つか》まれば命《いのち》を奪《うば》われる。

それが現実《げんじつ》にいるのだから、捕《とら》えられれば確実《かくじつ》に死《し》ぬ。

「早《はや》く……来《こ》い。こっちに……来《こ》い」

低《ひく》く、唸《うな》るような声《こえ》が個室《こしつ》の前《まえ》から聞《き》こえた。

途端《とたん》に空気《くうき》が凍《こお》りつく。

呼吸《こきゅう》をすれば、ドアの向《む》こう側《がわ》のKに聞《き》こえてしまうのではないかと思《おも》うほどの沈黙《ちんもく》。

微動《びどう》だにできない状況《じょうきょう》でリンドウはゲンに目《め》を向《む》けた。

ゲンはあまりにも恐《おそ》ろしいせいか、口《くち》に手《て》を当《あ》てて息《いき》を殺《ころ》している。

ここから逃《に》げ出《だ》せたとして、外《そと》にはおそらくアリスや怪物《かいぶつ》がいる。

この状況《じょうきょう》をどうにかしなければ確実《かくじつ》に殺《ころ》されてしまうのだが、どうすればいいのかわからない。

怪人《かいじん》ミラーによって現実《げんじつ》のものとされた怪談《かいだん》の怪物《かいぶつ》たちが、自分《じぶん》を殺《ころ》そうと迫《せま》っているのだ。

恐怖《きょうふ》と混乱《こんらん》の中《なか》で、それでも必死《ひっし》に生《い》き延《の》びる道《みち》を探《さが》さなければならなかった。

バンッ！

ドアが叩《たた》かれた。

腐《くさ》ったKが、ここにリンドウたちが隠《かく》れているのを知《し》って叩《たた》いているのだろう。

バンッバンッ……

バンバンバンバンバンバンバンバンバンバンバンバンバンバンバンバンバンバンバンバ

ンバンッ！

ところがその音《おと》はドアだけではなく、四方《しほう》から聞《き》こえてくる。

まるでふたりを弄《もてあそ》ぶかのように、ドアを叩《たた》きつける派手《はで》な音《おと》が身体《からだ》を震《ふる》わせた。

追《お》いつめるような大《おお》きな音《おと》がふたりの精神《せいしん》を崩壊《ほうかい》へと導《みちび》いていく。

一体《いったい》どれだけこの音《おと》が続《つづ》くのか、永遠《えいえん》にこの地獄《じごく》が続《つづ》くのかと、心《こころ》が折《お》れそうになる。

もうダメだ、もう悲鳴《ひめい》を上《あ》げるぞと、頭《あたま》を押《お》さえてゲンが口《くち》を開《ひら》こうとしたとき。

けたたましく響《ひび》き渡《わた》っていたドアを叩《たた》く音《おと》がピタリと止《や》み、今度《こんど》は痛《いた》いほどの静寂《せいじゃく》が訪《おとず》れたのだった。

ふたりは顔《かお》を見合《みあ》わせ、どうなったんだと言《い》わんばかりの表情《ひょうじょう》を浮《う》かべてドアのほうを見《み》る。だが、やはり音《おと》は鳴《な》らないし、そこに気配《けはい》は感《かん》じない。

少《すこ》しすると、トイレの入口《いりぐち》のドアが閉《し》まる音《おと》が聞《き》こえて、Kが出《で》ていったということがわかった。

「だ、大丈夫《だいじょうぶ》なのか？　もうKはいないのか？　なんでこんな怖《こわ》い目《め》に遭《あ》わなきゃならないんだよ！」

「シッ！　まだ声《こえ》は出《だ》すんじゃない！」

慌《あわ》ててゲンの口《くち》を塞《ふさ》いだリンドウだったが、自分《じぶん》の声《こえ》のほうが大《おお》きかったことに気《き》づき、慌《あわ》てて自分《じぶん》の手《て》も塞《ふさ》いだが……ドアに変化《へんか》はなかった。

本当《ほんとう》にKはトイレから出《で》ていったのか。

もしもそうだとしたら助《たす》かったと思《おも》えるのだが。

耳《みみ》を澄《す》ましながら、ゆっくりとドアの鍵《かぎ》を外《はず》す。

慎重《しんちょう》に、怪《あや》しい動《うご》きに注意《ちゅうい》し、様子《ようす》を窺《うかが》いながら外《そと》に出《で》るが……そこにKはおらず、安堵《あんど》の息《いき》を漏《も》らした。

なぜ突然《とつぜん》Kがいなくなったかは、リンドウにもゲンにもわからない。

ギリギリまで諦《あきら》めずに耐《た》えていたおかげなのか、それともこれも怪人《かいじん》ミラーの仕業《しわざ》なのか。

とにかくなんとか生《い》き延《の》びたと安堵《あんど》し、手洗《てあら》い場《ば》の鏡《かがみ》へリンドウは歩《あゆ》みを進《すす》めた。

「こんなにわけのわからないことが起《お》こっているんだ。怪人《かいじん》ミラーが出《で》てこないなんて言《い》わせないぞ」

バンッと壁《かべ》にかけられている鏡《かがみ》に手《て》を当《あ》てたが、そこに映《うつ》る景色《けしき》に変化《へんか》はない。

「な、なんで俺《おれ》までこんな目《め》に……あ、いや、楠木《くすのき》だけを狙《ねら》えって言《い》ってるわけじゃねぇよ？」

取《と》り繕《つくろ》うように言葉《ことば》を付《つ》け加《くわ》えたゲンに対《たい》して、そう思《おも》うのも無理《むり》はないと、リンドウは気《き》にしなかった。

「間違《まちが》いない。僕《ぼく》だけを狙《ねら》えばいいのに、なぜこんななりふり構《かま》わずに襲《おそ》ってくる……それだけ僕《ぼく》を殺《ころ》したいのか、怪人《かいじん》ミラー」

怒《いか》りとともに、鏡《かがみ》に映《うつ》る自分《じぶん》を睨《にら》みつけると……その表情《ひょうじょう》がニタリと笑《わら》う。

今《いま》、こんな表情《ひょうじょう》をしているのかと顔《かお》を触《さわ》ってみるが、指《ゆび》で触《ふ》れる口《くち》はへの字《じ》になっていて、目《め》の前《まえ》にある口角《こうかく》が上《あ》がっている表情《ひょうじょう》ではない。

となれば、答《こた》えはひとつだった。

「やっと出《で》てきたか。怪人《かいじん》ミラー。お前《まえ》が現《あらわ》れるのを待《ま》っていたぞ」

『私《わたし》はキミを知《し》っている。そしてキミも私《わたし》を知《し》っている。私《わたし》たちは似《に》ているから惹《ひ》かれ合《あ》う。お互《たが》いに邪魔《じゃま》だというのに。しかし、それがお互《たが》いに楽《たの》しみでもありますよね。どちらが勝《か》つのか……キミもそう考《かんが》えていたはずです』

明《あき》らかに口調《くちょう》が自分《じぶん》のものではなく、別人《べつじん》が喋《しゃべ》っている。

この声《こえ》の主《ぬし》はひとりしかいなかった。

「……何《なに》も知《し》らない一般生徒《いっぱんせいと》まで巻《ま》き込《こ》んで。大切《たいせつ》な友達《ともだち》を奪《うば》おうとして。僕《ぼく》はお前《まえ》を許《ゆる》さない。生徒《せいと》たちの命《いのち》を奪《うば》ったその罪《つみ》を償《つぐな》わせてやる！　カナデくんはどこにいる！　教《おし》えろ！」

怒《いか》りに満《み》ちた表情《ひょうじょう》をしているのが自分でもわかるのだが、鏡《かがみ》に映《うつ》る顔《かお》はあいかわらずニヤニヤと笑《わら》ったまま。

「お、おい、楠木《くすのき》？　お前誰《まえだれ》と話《はな》してんの？　もしかして……怪人《かいじん》ミラーが現《あらわ》れたのか？」

ゲンは恐《おそ》る恐《おそ》る尋《たず》ねるが、何《なに》やら触《ふ》れてはならないと感《かん》じ取《と》り、苦笑《にがわら》いを浮《う》かべて後退《あとずさ》りをした。

『フフフ。それほどまでに三杉《みすぎ》カナデくんが……いや、柳《やなぎ》ロアンくんも含《ふく》めた怪奇研究《かいきけんきゅう》会《かい》の友達《ともだち》が大切《たいせつ》ですか』

「愚問《ぐもん》だ。カナデくんもロアンくんも僕《ぼく》の大切《たいせつ》な友達《ともだち》だ。悪夢《あくむ》の中《なか》でロアンくんは命《いのち》を落《お》とした。カナデくんまで失《うしな》うわけにはいかない！　さあ怪人《かいじん》ミラー、カナデくんを返《かえ》せ！」

リンドウがどれだけ声《こえ》を上《あ》げても、鏡《かがみ》の中《なか》の自分《じぶん》は微動《びどう》だにしない。

それどころか、こちらを窺《うかが》うような目《め》を向《む》けている。

『……楠木《くすのき》リンドウ。キミはまだ思《おも》い出《だ》さないのか？　それとも、忘《わす》れたフリをして記憶《きおく》に蓋《ふた》をしているだけなのかな？』

「何《なに》？　一体何《いったいなに》を言《い》っているんだ」

『柳《やなぎ》ロアン、三杉《みすぎ》カナデ……ふたりともすでに死《し》んでいるのだよ。だから三杉《みすぎ》カナデを返《かえ》せと言《い》われても、私《わたし》には返《かえ》すことなどできない』

「ふざけたことを！」

あまりにも腹《はら》の立《た》つ言葉《ことば》に、リンドウは鏡《かがみ》に右《みぎ》の拳《こぶし》を打《う》ちつけた。

腕《うで》っぷしが強《つよ》いわけではないリンドウが鏡《かがみ》を割《わ》れるわけもなく、虚《むな》しく弾《はじ》かれたが、だからといって気《き》が収《おさ》まるわけでもない。

何度《なんど》も何度《なんど》も打《う》ちつけて、怒《いか》りに満《み》ちた目《め》を鏡《かがみ》に向《む》ける。

『忘《わす》れようとしているなら、私《わたし》が導《みちび》こうじゃないか。だが、それだけではおもしろくない。ゲームをしようか。キミと縁《えん》のある場所《ばしょ》にたどり着《つ》くまでに、私《わたし》を捜《さが》し出《だ》してください。もしも捜《さが》し出《だ》せなければ……フフフ』

「渡《わた》りに船《ふね》だ。お前《まえ》が僕《ぼく》の前《まえ》に現《あらわ》れるなら、これほど好都合《こうつごう》な条件《じょうけん》はない！　逃《に》げるんじゃあないぞ、怪人《かいじん》ミラー！」

『おお怖《こわ》い。それではゲームを始《はじ》めましょう。あなた方《がた》がいなくなったと思《おも》っていたKですが……本当《ほんとう》にいなくなりましたか？』

鏡《かがみ》の中《なか》からその声《こえ》が聞《き》こえた次《つぎ》の瞬間《しゅんかん》、トイレの奥《おく》から晴《は》れたはずの不気味《ぶきみ》な気配《けはい》が再《ふたた》び滞《ただよ》い始《はじ》めた。

重《おも》い空気《くうき》と凍《こお》りつきそうな冷気《れいき》が足元《あしもと》から這《は》い上《あ》がり、身体《からだ》を撫《な》で回《まわ》すような不快感《ふかいかん》のあと、バンッ！　と個室《こしつ》のドアを叩《たた》く音《おと》が聞《き》こえた。

「あ、あ、あわわわわわっ！　ま、まさか！　Kはいなくなってなかったのか!?　隣《となり》の個《こ》室《しつ》でずっと待《ま》ってたってのかよ！」

慌《あわ》ててトイレの入口《いりぐち》まで走《はし》ったゲンが言《い》うと同時《どうじ》に、Kが一番奥《いちばんおく》の個室《こしつ》から飛《と》び出《だ》した。

「丁寧《ていねい》な説明《せつめい》をありがとうゲンくん。ここから出《で》るぞ！　怪人《かいじん》ミラーを追《お》いつめる！」

「ま、まだ続《つづ》くのかよ勘弁《かんべん》してくれよ！」

嘆《なげ》いていても仕方《しかた》がない。

このまま動《うご》かなければ、ふたりともKによって殺《ころ》されてしまうのだから。

慌《あわ》てて飛《と》び出《だ》したトイレ。

廊下《ろうか》を見《み》ると、左側《ひだりがわ》の奥《おく》には悪夢《あくむ》の怪物《かいぶつ》が。

そして正面《しょうめん》の階段《かいだん》にはアリスとルミナがいて、右側《みぎがわ》に逃《に》げるしかない状態《じょうたい》。

「こっちだ。これが怪人《かいじん》ミラーが言《い》った導《みちび》きなら、たどり着《つ》く場所《ばしょ》はおそらく……」

廊下《ろうか》の端《はし》にいた大口《おおぐち》の悪夢《あくむ》の怪物《かいぶつ》が走《はし》り出《だ》したふたりに気《き》づき、ものすごい勢《いきお》いで走《はし》ってくる。全力《ぜんりょく》で走《はし》る以外《いがい》に生《い》き残《のこ》れる気《き》がしないと思《おも》うほどの速度《そくど》。

「どど、どうするどうする、楠木《くすのき》どうする！」

「階段《かいだん》を下《お》りるしかない！　二階《にかい》だ！　僕《ぼく》の推測《すいそく》が間違《まちが》っていなければ！」

死《し》ぬ思《おも》いで走《はし》り、転《ころ》がるように階段《かいだん》を駆《か》け下《お》りる。

廊下《ろうか》に何人《なんにん》か生徒《せいと》がいたが、悪夢《あくむ》の怪物《かいぶつ》の口《くち》に捉《とら》えられて瞬時《しゅんじ》にミンチに変《か》わった。

肉片《にくへん》が飛《と》び散《ち》り、廊下《ろうか》が真《ま》っ赤《か》に染《そ》まるが、怪物《かいぶつ》はリンドウしか見《み》ていないようで、進《しん》行《こう》を止《と》めなかった。

二階《にかい》にたどり着《つ》くと、リンドウは一番近《いちばんちか》くにある部屋《へや》に目《め》を向《む》けた。

「こ、ここに、ここに何《なに》があるんだよ！　逃《に》げないとぶっ殺《ころ》されちまうぞ！」

三階《さんかい》に怪物《かいぶつ》たちがいるなら、早《はや》く一階《いっかい》に逃《に》げて学校《がっこう》から脱出《だっしゅつ》するというのが理《り》にかなっている。

間違《まちが》いなく普通《ふつう》の人間《にんげん》ならその手段《しゅだん》を選《えら》ぶだろうが、リンドウは違《ちが》った。

「いや、ここでいい。ここでいいんだ。怪人《かいじん》ミラーは知《し》っていた。ここが僕《ぼく》にとって縁《えん》のある場所《ばしょ》だと。鍵《かぎ》は持《も》っていないが……あれだけ挑発《ちょうはつ》したんだ。鍵《かぎ》はきっとかかっていない」

そう言《い》って歩《あゆ》み寄《よ》った教室《きょうしつ》のドア。

手《て》を伸《の》ばすと、リンドウを誘《さそ》い込《こ》もうとしているかのように、触《ふ》れる前《まえ》にドアは開《ひら》いた。

間違《まちが》いなく罠《わな》が張《は》られていて、入《はい》ることを警戒《けいかい》すると考《かんが》えるのが普通《ふつう》だろうが、リンドウは違《ちが》った。

なんのためらいもなく一歩《いっぽ》踏《ふ》み出《だ》すと、その教室《きょうしつ》の中《なか》に入《はい》ったのだ。

その教室《きょうしつ》は……技術工作室《ぎじゅつこうさくしつ》。

「で、でもよ……怪人《かいじん》ミラーはどこにいるんだよ。この部屋《へや》にいるのか？」

ゲンの質問《しつもん》にリンドウは首《くび》を縦《たて》に振《ふ》って答《こた》えた。

この部屋《へや》に怪人《かいじん》ミラーがいる。

それは間違《まちが》いないが、ここが終着点《しゅうちゃくてん》ではないということもリンドウにはわかっていた。

「ここは入口《いりぐち》だ。僕《ぼく》を導《みちび》きたいのはここじゃないだろう？　そう、準備室《じゅんびしつ》にあるアレなのはわかっているさ」

その発言《はつげん》を聞《き》いて、ゲンは不気味《ぶきみ》に感《かん》じた。

つい先《さき》ほどまで怪物《かいぶつ》から逃《に》げようとしていたのに、この教室《きょうしつ》に入《はい》った途端《とたん》、すべてを理解《りかい》したように準備室《じゅんびしつ》に向《む》かっているのだから。

「な、何《なに》がなんだか……く、楠木《くすのき》、本当《ほんとう》に大丈夫《だいじょうぶ》なんだろうな！　もしも死《し》んだら、あの世《よ》でも恨《うら》み続《つづ》けるからな！」

とはいえ、ひとりで技術工作室《ぎじゅつこうさくしつ》の中《なか》にいるのも恐《おそ》ろしく感《かん》じ、ゲンも準備室《じゅんびしつ》に移動《いどう》した。

中《なか》に入《はい》ると、さまざまな工具《こうぐ》と錆《さ》びついたロッカー。

天羽《あもう》トワが言《い》っていた、願《ねが》いが叶《かな》うロッカーだ。

「く、楠木《くすのき》、ここが目的地《もくてきち》なのか？　だけど怪人《かいじん》ミラーはどこにいるんだ？　見《み》つけ出《だ》さなきゃダメなんだろ？　ここに来《く》るまでに」

そう言《い》いながら、ゲンは棚《たな》に置《お》かれていたトンカチを手《て》に取《と》った。

護身用《ごしんよう》の武器《ぶき》なのか、それを握《にぎ》り締《し》めてリンドウに歩《あゆ》み寄《よ》る。

「そうだねゲンくん。だけどひとつだけ勘違《かんちが》いしていることがあるのではないかな」

突然《とつぜん》の出来事《できごと》だった。

振《ふ》り返《かえ》ったリンドウの手《て》には小刀《こがたな》が握《にぎ》られていて、それがゲンの首《くび》に横一文字《よこいちもんじ》に振《ふ》られたのだ。

「はへ」

情《なさ》けない声《こえ》が漏《も》れ、ゲンの首《くび》に赤《あか》い筋《すじ》が走《はし》る。

一体何《いったいなに》が起《お》こったのか。どんな心境《しんきょう》の変化《へんか》なのかがわからないと誰《だれ》もが思《おも》うだろう。

リンドウはどうしてしまったのか、なぜ友達《ともだち》の首《くび》を切《き》ったのかと。

しかし次《つぎ》の瞬間《しゅんかん》、ゲンの首《くび》から噴出《ふんしゅつ》したのは真《ま》っ赤《か》な……花《はな》びら。

血《ち》が噴《ふ》き出《だ》すかと思《おも》われたが、想定《そうてい》もしないものが飛《と》び出《だ》した。

「あら……うまく一条《いちじょう》ゲンに化《ば》けられたと思《おも》ったのに。いつから気《き》づいていたのですか？　楠木《くすのき》リンドウ」

そのままゲンはうしろに倒《たお》れるように宙返《ちゅうがえ》りし、着地《ちゃくち》したときにはタキシードにマント、そして鏡《かがみ》の仮面《かめん》とシルクハットを被《かぶ》った人物《じんぶつ》に変化《へんか》していた。

「最初《さいしょ》から。残念《ざんねん》だね怪人《かいじん》ミラー。ゲンくんは先週《せんしゅう》くらいから僕《ぼく》のことを『楠木《くすのき》』ではなく『リンドウ』と呼《よ》ぶんだ。それを知《し》ることができなかったことが、お前《まえ》の敗因《はいいん》だ」

「なるほど、美《うつく》しい友情《ゆうじょう》の勝利《しょうり》……というわけですね。しかしひどいですね。いきなり斬《き》りつけるなんて。一応《いちおう》姿《すがた》は一条《いちじょう》ゲンだったのに」

傍《はた》から見《み》れば、なんの躊躇《ちゅうちょ》もなく友達《ともだち》を殺《ころ》そうとした少年《しょうねん》だが、リンドウはそれほど怪《かい》人《じん》ミラーに恨《うら》みを持《も》っていた。

「僕《ぼく》の大切《たいせつ》な友達《ともだち》を奪《うば》ったお前《まえ》を許《ゆる》さない。だからお前《まえ》を殺《ころ》すことにわずかな罪悪感《ざいあくかん》さえ持《も》ち合《あ》わせてはいない！」

強《つよ》く、強《つよ》く言《い》い放《はな》ったその言葉《ことば》に、怪人《かいじん》ミラーの表情《ひょうじょう》が楽《たの》しそうに歪《ゆが》んだように見《み》えた

のは気《き》のせいか。

「おお怖《こわ》い。さすがに人《ひと》を殺《ころ》したことがある人《ひと》は違《ちが》いますね。気《き》づいていますか？　あなたの今《いま》の攻撃《こうげき》、ためらいがまったくありませんでしたよ？」

「うるさい、黙《だま》れ怪人《かいじん》ミラー！　お前《まえ》だけは許《ゆる》さない！　僕《ぼく》の大切《たいせつ》な人《ひと》たちを、僕《ぼく》が望《のぞ》んだ世界《せかい》を壊《こわ》したお前《まえ》だけは！」

何《なに》かがおかしい。

友達《ともだち》の仇《かたき》を討《う》つという想《おも》いがたしかにあるのに、リンドウの発言《はつげん》が何《なに》やら不穏《ふおん》になりつつあった。

「ここがキミの望《のぞ》んだ世界《せかい》ですか。本当《ほんとう》にそうでしょうか？　やけに怪談《かいだん》が多《おお》く、そして人《ひと》が死《し》んでも警察《けいさつ》はあっさりと引《ひ》き上《あ》げる。学校《がっこう》だってたった一日休校《いちにちきゅうこう》になり、生徒《せいと》の死《し》は日常《にちじょう》となっている。おかしいと思《おも》いませんか？」

「お前《まえ》は！　何《なに》が言《い》いたい！　お前《まえ》がいなければ僕《ぼく》には友達《ともだち》がいた！　大切《たいせつ》な人《ひと》は死《し》ななかった！」

「……ですが、私《わたし》がいなければ工藤《くどう》ハルコは恋人《こいびと》にはならなかった。私《わたし》がいたからこそ、工藤《くどう》ハルコと恋人《こいびと》になれたというのはお忘《わす》れなく」

怪人《かいじん》ミラーの言《い》い分《ぶん》は間違《まちが》っていなかった。

あの悪夢《あくむ》がなければ、きっと今《いま》ごろは「隣《となり》のクラスの生徒《せいと》」として会話《かいわ》をすることもなく生活《せいかつ》していたに違《ちが》いなかったから。

それにしても、先《さき》ほどまでの騒々《そうぞう》しさはどこに行《い》ったのか。

冷《つめ》たく鋭《するど》い空気《くうき》が漂《ただよ》う中《なか》で、聞《き》こえるのはリンドウと怪人《かいじん》ミラーの声《こえ》だけだった。

なぜ怪人《かいじん》ミラーはここに導《みちび》いたのだろうか。

「お前《まえ》は何者《なにもの》だ！　なぜ僕《ぼく》のことを知《し》ったように語《かた》る！　たしかに悪夢《あくむ》を見《み》なければハルコと接点《せってん》はなかったかもしれない。だがそれでも！　僕《ぼく》は彼女《かのじょ》に生《い》きていてほしかった！」

肺《はい》の空気《くうき》をすべて吐《は》き出《だ》すように、怒《いか》りと悲《かな》しみを込《こ》めて叫《さけ》んだ。

だが、怪人《かいじん》ミラーは呆《あき》れたように首《くび》を横《よこ》に振《ふ》る。

「おめでたい。実《じつ》におめでたいですねキミは。それは本心《ほんしん》ですか？　忌《い》まわしい記憶《きおく》に蓋《ふた》をして、すべてがなかったかのように振《ふ》る舞《ま》う。ぬるま湯《ゆ》に身《み》を浸《ひた》し、恨《うら》みが深《ふか》い人間《にんげん》から頼《たよ》られる世界《せかい》を求《もと》めた。私《わたし》は知《し》っているのですよ、楠木《くすのき》リンドウ」

得体《えたい》の知《し》れない人物《じんぶつ》に、まるで心《こころ》の中《なか》を覗《のぞ》かれているように発言《はつげん》されると恐《おそ》ろしいものだ。

すべての言動《げんどう》が相手《あいて》の手中《しゅちゅう》にあるようで、どんどん追《お》いつめられているような感覚《かんかく》に陥《おちい》ってしまうから。

怪人《かいじん》ミラーを追《お》いつめると息巻《いきま》いていたものの、ここに来《き》て追《お》いつめられていたのは自《じ》分《ぶん》のほうだったとリンドウは感《かん》じずにはいられなかった。

「うるさい！　過去《かこ》がどうあれ、僕《ぼく》を頼《たよ》ってきた人《ひと》を助《たす》けたいと思《おも》うのは当然《とうぜん》だ！　人《ひと》は人《ひと》を許《ゆる》せる。それが僕《ぼく》という人間《にんげん》だ！」

反発《はんぱつ》するように声《こえ》を上《あ》げたリンドウだったが、その言葉《ことば》は怪人《かいじん》ミラーの心《こころ》にはまったくと言《い》っていいほど響《ひび》いていないようだった。

「……どうあってもキミと私《わたし》はわかり合《あ》えないようですね。同《おな》じ人間《にんげん》だと言《い》うのに、どうしてここまで食《く》い違《ちが》うのかがわかりません。まあいいでしょう。似《に》すぎている人間《にんげん》というのは得《え》てして仲《なか》が悪《わる》いものですから」

「お前《まえ》が人間《にんげん》？　僕《ぼく》にはどんな怪物《かいぶつ》にも劣《おと》らない醜悪《しゅうあく》な化《ば》け物《もの》に思《おも》えるね。僕《ぼく》とお前《まえ》が似《に》ているとはとても思《おも》えない！」

小刀《こがたな》を再《ふたた》び握《にぎ》り締《し》め、飛《と》びかかる隙《すき》を窺《うかが》っていたが、ここに来《き》て怪人《かいじん》ミラーがクスクスと笑《わら》い出《だ》してロッカーを指差《ゆびさ》した。

思《おも》わず怪人《かいじん》ミラーが指《さ》し示《しめ》した場所《ばしょ》に視線《しせん》を向《む》けるが、リンドウは何《なに》かを振《ふ》り払《はら》うように首《くび》を横《よこ》に振《ふ》る。

「楠木《くすのき》リンドウ。キミは……願《ねが》いを叶《かな》えるロッカーを使《つか》って、この世界《せかい》に来《き》ましたね？　そう、願《ねが》いを叶《かな》える前《まえ》のキミは、友達《ともだち》などひとりもいない、みんなからいじめられる哀《あわ》れな存在《そんざい》だった。キミの願《ねが》いは『友達《ともだち》がほしい。誰《だれ》からもいじめられたくない』といったところかな？　どうですか？　望《のぞ》む世界《せかい》になりましたか？」

その言葉《ことば》はリンドウを恐怖《きょうふ》させるには十分《じゅうぶん》だった。

誰《だれ》にも言《い》っていない、忘《わす》れようとしていた過去《かこ》をどうして怪人《かいじん》ミラーが知《し》っているのか。

心《こころ》の奥底《おくそこ》まで覗《のぞ》かれているのでは、追《お》いつめることなど到底《とうてい》できない。

過去《かこ》を掘《ほ》り返《かえ》されたリンドウは、その場《ば》に膝《ひざ》をついてガックリと項垂《うなだ》れたのだった。

「キミが関《かか》わってきた人《ひと》たちは、元《もと》の世界《せかい》でキミをいじめていた人《ひと》たちだ。美術部員《びじゅつぶいん》の地村《ちむら》ルミナに成瀬《なるせ》アン。根暗《ねくら》で人《ひと》と話《はなし》をしないキミは、美術部《びじゅつぶ》でも浮《う》いた存在《そんざい》だった。疎《うと》まれ、ヌードデッサンだと称《しょう》して全裸《ぜんら》にされたこともあったようだね」

怪人《かいじん》ミラーが窓枠《まどわく》に腰《こし》をかけパチンと指《ゆび》を鳴《な》らすと、その頭上《ずじょう》に言葉《ことば》通《どお》りの映像《えいぞう》が浮《う》かび上《あ》がった。

映像《えいぞう》の中《なか》では、ルミナがアンを憎《にく》んでいるようには見《み》えず、さびしげな表情《ひょうじょう》のリンドウが美術部員《びじゅつぶいん》から笑《わら》い者《もの》にされている。

「やめろ……僕《ぼく》は……」

「武藤《むとう》カツヤ。いわゆる不良《ふりょう》だが、キミは彼《かれ》からカツアゲをされていた。金《かね》を持《も》ってこなければ家《いえ》を燃《も》やすと脅《おど》され、殴《なぐ》る蹴《け》るの暴行《ぼうこう》は当《あ》たり前《まえ》。そうそう……屋上《おくじょう》に続《つづ》く階段《かいだん》から蹴落《けお》とされたこともあったね。腕《うで》の骨《ほね》が折《お》れたが、彼《かれ》は笑《わら》っているだけだった」

アリスに追《お》われ、怪奇研究会《かいきけんきゅうかい》に相談《そうだん》してきたカツヤまでもが、別《べつ》の世界《せかい》ではリンドウをいじめていたと言《い》うのだ。

思《おも》い出《だ》したくない過去《かこ》が蘇《よみがえ》ってきたのか、リンドウの目《め》には涙《なみだ》が浮《う》かび始《はじ》めていた。

「山岡《やまおか》タツマ、一条《いちじょう》ゲン……クラスメイトの彼《かれ》らは、日常的《にちじょうてき》にキミに嫌《いや》がらせをしていましたね。厄介《やっかい》なのは、こういう『他人《たにん》より俺《おれ》のほうがすごい』と勘違《かんちが》いしているヤツらです。イジメでさえ、己《おのれ》の力《ちから》を誇示《こじ》するかのように他人《たにん》よりもひどいことをしようとするのです」

リンドウの腕《うで》をうしろに、脚《あし》も折《お》り曲《ま》げた状態《じょうたい》で縛《しば》ってプールに突《つ》き落《お》とし、必死《ひっし》にもがく姿《すがた》を見《み》て笑《わら》っている。

もはや殺人《さつじん》未遂《みすい》とも言《い》えるイジメは、とてもではないが直視《ちょくし》できるものではなかったが……怪人《かいじん》ミラーはなおも続《つづ》けた。

「八尾《やお》アキ、香月《かつき》ユウタ、不二《ふじ》ケイジはどうでしょうか。おや、これはひどい。八尾《やお》アキは極度《きょくど》のサディストのようですね。キミの腕《うで》には……半田《はんだ》ごてで焼《や》かれた痕《あと》があるのですか？」

怪人《かいじん》ミラーの頭上《ずじょう》では、アキが高温《こうおん》の半田《はんだ》ごてをユウタとケイジに拘束《こうそく》されているリンドウの腕《うで》に押《お》しつけたのだ。

顔《かお》をしかめ、大絶叫《だいぜっきょう》するリンドウの横《よこ》で三人《さんにん》は恍惚《こうこつ》の表情《ひょうじょう》を浮《う》かべる。

たしかに、項垂《うなだ》れているリンドウの制服《せいふく》の袖《そで》から出《で》ている肌《はだ》に、火傷《やけど》のような痕《あと》が見《み》えていた。

「天羽《あもう》トワは……キミに願《ねが》いが叶《かな》うロッカーのことを教《おし》えてくれた女《おんな》の子《こ》ですね。彼女《かのじょ》は……あなたと同《おな》じく、いじめられていたようですが……こちらの世界《せかい》でも天羽《あもう》トワに話《はなし》を聞《き》き、記憶《きおく》の蓋《ふた》が少《すこ》し開《ひら》いてしまったということでしょうかね。フフフ」

思《おも》い出《だ》したくない、記憶《きおく》の奥底《おくそこ》に押《お》し込《こ》んでいた忌《い》まわしい想《おも》い。

怪人《かいじん》ミラーによって無理矢理《むりやり》掘《ほ》り返《かえ》され、リンドウは身体《からだ》が震《ふる》え始《はじ》めた。

一方《いっぽう》、怪人《かいじん》ミラーは満面《まんめん》の笑《え》みを浮《う》かべてさらに続《つづ》ける。

「キミは現実《げんじつ》から逃《に》げたいと思《おも》い、このロッカーで願《ねが》いを叶《かな》えました。キミにとってこの世界《せかい》はさぞ居心地《いごこち》がよかったでしょうね。今《いま》までいじめてきた相手《あいて》がキミを頼《たよ》ってくるのですから。そして彼《かれ》らが死《し》んだとき、悲《かな》しんだのではなく、本当《ほんとう》は笑《わら》っていたのではないですか？」

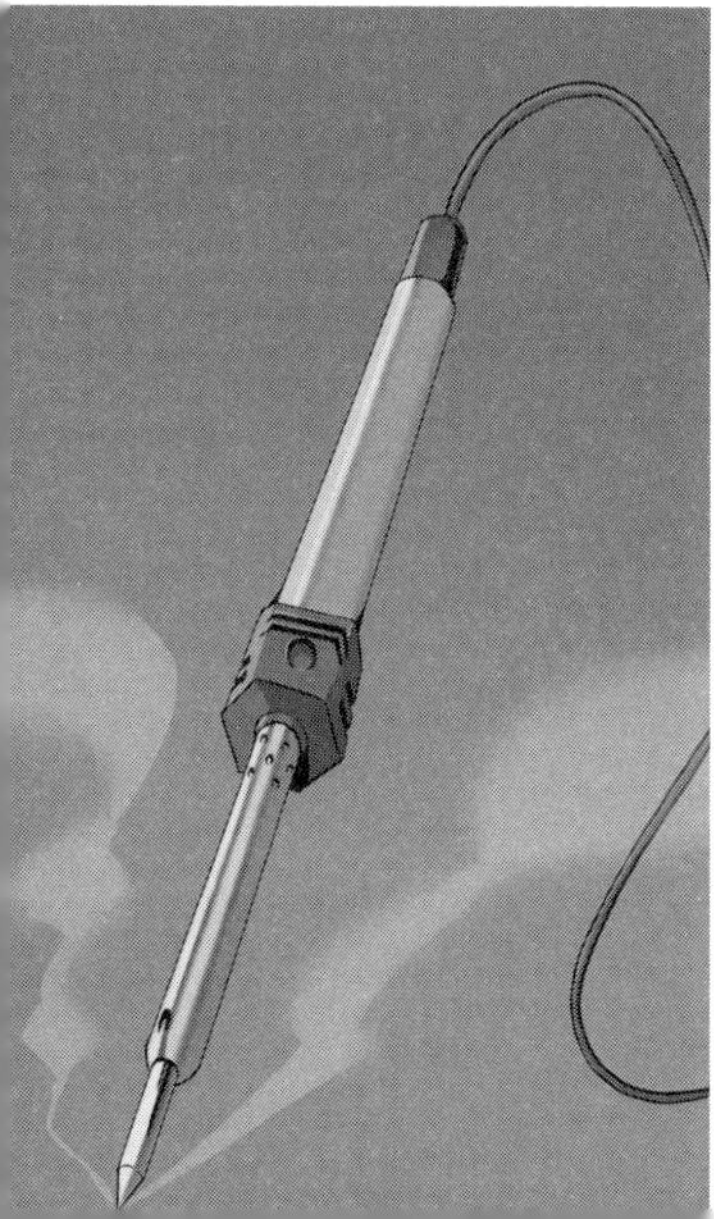

「違《ちが》う……違《ちが》う！　僕《ぼく》は……僕《ぼく》は！」

グッと握《にぎ》り締《し》めた両手《りょうて》を膝《ひざ》に置《お》き、なんとか心《こころ》を奮《ふる》い立《た》たせて怪人《かいじん》ミラーを見上《みあ》げたリンドウ。

ゆっくりと起《お》き上《あ》がって睨《にら》みつけたが、鏡《かがみ》の仮面《かめん》に映《うつ》るのは自分《じぶん》の顔《かお》。

まるで自分自身《じぶんじしん》に言《い》われているような錯覚《さっかく》に陥《おちい》るが、リンドウは子《こ》どものように叫《さけ》び、ブンブンと首《くび》を横《よこ》に振《ふ》った。

「工藤《くどう》ハルコ……キミの恋人《こいびと》。では元《もと》の世界《せかい》ではどうだったのでしょうか？　本当《ほんとう》に彼女《かのじょ》は、キミが好《す》きになるような人《ひと》だったのでしょうか？」

「や、やめ……」

制止《せいし》するその声《こえ》よりも早《はや》く、パチンと指《ゆび》が鳴《な》らされた。

雪《ゆき》の降《ふ》る日《ひ》、リンドウは家《いえ》に帰《かえ》っていた。

靴《くつ》はない。

上履《うわば》きも、外履《そとば》きもなく、靴下《くつした》で冷《つめ》たく濡《ぬ》れた道《みち》を歩《ある》き、冷《つめ》たさと痛《いた》みに顔《かお》を歪《ゆが》めながら。

陽《ひ》が落《お》ちて暗《くら》くなった中《なか》で、リンドウは異変《いへん》に気《き》づいた。

家《いえ》に近《ちか》づくにつれて騒《さわ》がしく、そして明《あか》るくなっている。

不思議《ふしぎ》に思《おも》うリンドウの前《まえ》にその人物《じんぶつ》はいた。

工藤《くどう》ハルコとその取《と》り巻《ま》きが何人《なんにん》か。

彼女《かのじょ》は微笑《ほほえ》みを浮《う》かべて近《ちか》づいたかと思《おも》うと、突如醜悪《とつじょしゅうあく》な笑顔《えがお》に変《か》わり、口《くち》を開《ひら》いたのだ。

『寒《さむ》いと思《おも》って、暖《あたた》かくしておいてあげたから』

家《いえ》が火《ひ》に包《つつ》まれているのを目《ま》の当《あ》たりにしながら聞《き》いたその言葉《ことば》は、リンドウの心《こころ》を砕《くだ》くには十分《じゅうぶん》なものだった。

上履《うわば》きも外履《そとば》きも、処分《しょぶん》したのはハルコたち。もはやイジメという言葉《ことば》では済《す》まなくとも、イジメという言葉《ことば》を使《つか》えば軽《かる》く思《おも》えてしまう。

それは許《ゆる》されざることだったが、ハルコたちに罪悪感《ざいあくかん》などなかった。

「この直後《ちょくご》、キミは学校《がっこう》に戻《もど》り、願《ねが》いが叶《かな》うロッカーで願《ねが》いを叶《かな》えたのです。そしてこの世界《せかい》で生《い》きていた楠木《くすのき》リンドウを殺《ころ》したんですよ。柳《やなぎ》ロアンも三杉《みすぎ》カナデも、あなたが望《のぞ》んだイマジナリーフレンド。いや、かつて実在《じつざい》していた人物《じんぶつ》の幽霊《ゆうれい》とでも言《い》いましょうか。どうです？　思《おも》い出《だ》しましたか……っ!?」

笑《わら》いながら怪人《かいじん》ミラーがそう言《い》ったときだった。

ボロボロと涙《なみだ》を流《なが》し、リンドウが怒《いか》りに満《み》ちた目《め》で怪人《かいじん》ミラーの首《くび》を絞《し》めたのだ。

「お前《まえ》が……お前《まえ》が壊《こわ》したんだ！　僕《ぼく》が望《のぞ》んだ世界《せかい》を壊《こわ》した！　お前《まえ》は許《ゆる》さない！　お前《まえ》だけは！」

手《て》に力《ちから》を込《こ》める。ギリギリとねじ切《き》れんばかりに絞《し》めるが、まるで砂袋《すなぶくろ》でも握《にぎ》っているかのようで、感触《かんしょく》がおかしい。

「フフフ。余程《よほど》私《わたし》が憎《にく》いように見《み》える。ですが、キミに私《わたし》を殺《ころ》すことはできません。しかしながら、私《わたし》にここまで迫《せま》ったキミには敬意《けいい》を表《ひょう》しましょう」

「うるさいうるさい！　お前《まえ》はいつまでそうやって余裕《よゆう》を見《み》せていられる！　ふざけるな！　いつまでその鏡《かがみ》の仮面《かめん》を被《かぶ》っているつもりだ！」

泣《な》きじゃくる自分《じぶん》の顔《かお》が映《うつ》る仮面《かめん》に嫌悪感《けんおかん》を覚《おぼ》え、それを剥《は》ぎ取《と》ろうと手《て》を伸《の》ばした。

だが、怪人《かいじん》ミラーは抵抗《ていこう》しようとせず、ニヤニヤしながらそれを見《み》ているだけ。

「……物語《ものがたり》の最後《さいご》に、私《わたし》はいつも尋《たず》ねるのです。楠木《くすのき》リンドウ、キミは私《わたし》の名前《なまえ》がわかりましたか？　わからなければ……」

「うるさい！　黙《だま》れ！」

話《はなし》の途中《とちゅう》、怒《いか》りに任《まか》せてリンドウは怪人《かいじん》ミラーの仮面《かめん》を剥《は》ぎ取《と》った。

放課後《ほうかご》の暗《くら》くなり始《はじ》めた技術工作室《ぎじゅつこうさくしつ》の準備室《じゅんびしつ》。

仮面《かめん》を剥《は》がされた怪人《かいじん》ミラーの顔《かお》は暗《くら》く、ハッキリとは見《み》えなかったが、どこかで見《み》たような顔《かお》であることはリンドウもなんとなくわかった。

「お、お前《まえ》は……まさか……」

「さあ、私《わたし》の名前《なまえ》を教《おし》えてくれませんか？」

暗《くら》い室内《しつない》で呆然《ぼうぜん》と立《た》ち尽《つ》くしたリンドウ。

その正体《しょうたい》を信《しん》じられない様子《ようす》で見《み》つめながら。

第四章《だいよんしょう》　怪人《かいじん》ミラーと怪奇研究会《かいきけんきゅうかい》・後編《こうへん》

楠木《くすのき》リンドウは思《おも》い出《だ》していた。

過去《かこ》に自分《じぶん》の身《み》に起《お》こった出来事《できごと》を。

過去《かこ》の自分《じぶん》が、いかに人《ひと》から必要《ひつよう》とされていない人間《にんげん》だったかを。

ひとつひとつの出来事《できごと》は、彼《かれ》の心《こころ》に闇《やみ》を落《お》とすようなものではなかったかもしれない。

だが、小《ちい》さな闇《やみ》は少《すこ》しずつ大《おお》きくなり、誰《だれ》にも止《と》められないほどに広《ひろ》がってしまったのだった。

それは必然《ひつぜん》なのか、それとも何《なに》か別《べつ》の力《ちから》が働《はたら》いてリンドウを虐《しいた》げたのかはわからない。

わからないが……今《いま》となっては、それは必然《ひつぜん》だったとも思《おも》える。

もしも、イジメに抗《あらが》う強《つよ》さがあれば。

もしも、イジメに抗《あらが》う勇気《ゆうき》があれば。

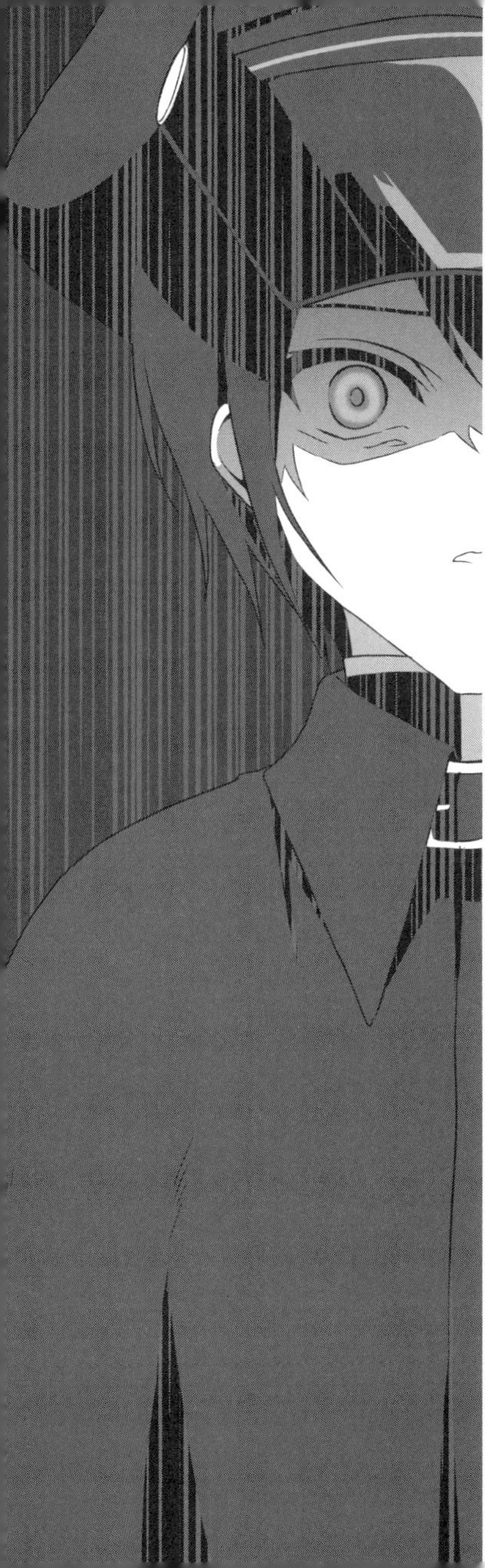

ほんの少《すこ》しだけでも立《た》ち向《む》かっていたならば、この悲劇《ひげき》は起《お》こらなかったのではないかと思《おも》える。

リンドウの家《いえ》が放火《ほうか》された日《ひ》、工藤《くどう》ハルコが笑《わら》いながら去《さ》ろうとした直後《ちょくご》。

絶望《ぜつぼう》に打《う》ちのめされ、その場《ば》に崩《くず》れ落《お》ちなかったならどうなっていただろうかと、リンドウが考《かんが》えなかったことはない。

燃《も》え盛《さか》る炎《ほのお》の中《なか》、リンドウは家《いえ》の中《なか》に飛《と》び込《こ》んだ。

これほどの炎《ほのお》を、たかが中学生《ちゅうがくせい》ひとりの力《ちから》で消火《しょうか》できるはずがないことはわかっていた。

だから、目的《もくてき》はそうではなかった。

『工藤《くどう》ハルコ！　いや、僕《ぼく》に絶望《ぜつぼう》を与《あた》えたすべてのゴミクズ共《ども》！　絶対《ぜったい》に、絶対《ぜったい》に許《ゆる》さない！　お前《まえ》たちだけは！　お前《まえ》たちだけは生《い》かしておかない！』

野次馬《やじうま》が集《あつ》まる自宅《じたく》の周《まわ》り。

集《あつ》まった人《ひと》たちが驚《おどろ》いたのは、炎《ほのお》に巻《ま》かれて顔《かお》の左半分《ひだりはんぶん》に火傷《やけど》を負《お》っているリンドウの姿《すがた》にだった。

黒《くろ》くすすけた全身《ぜんしん》に、見《み》ただけで治療《ちりょう》が必要《ひつよう》だとわかる火傷痕《やけどあと》。

『お、おい、消防車《しょうぼうしゃ》と救急車《きゅうきゅうしゃ》はまだか！　リンドウくん、早《はや》く病院《びょういん》に！』

隣《となり》の家《いえ》のおじさんが、家《いえ》の中《なか》から飛《と》び出《だ》したリンドウを見《み》て声《こえ》をかけたが、憎《にく》しみに溢《あふ》れた目《め》を見《み》て思《おも》わず目《め》を背《そむ》ける。

中学《ちゅうがく》二年生《にねんせい》の男《おとこ》の子《こ》がこれほどまでに恐《おそ》ろしい目《め》ができるのかと、身震《みぶる》いをした。

『おじさん……ごめんなさい』

それが、リンドウが言《い》える精一杯《せいいっぱい》の言葉《ことば》だった。

何《なに》に対《たい》して謝《あやま》ったのか、それは自分《じぶん》でもわからなかった。

これから起《お》こることに対《たい》してなのか、それとも気遣《きづか》ってくれたのに、それに甘《あま》えなかったからなのか。

おじさんは何《なに》も言《い》えず、家《いえ》から離《はな》れていくリンドウをただ見《み》つめるしかできなかった。

脳裏《のうり》に、きっとリンドウはもう帰《かえ》ってこないという想《おも》いが過《よぎ》ったのだった。

それでも止《と》められなかったのは、何《なに》かしらの覚悟《かくご》をその背中《せなか》に感《かん》じたからだ。

集《あつ》まった野次馬《やじうま》も、異様《いよう》な雰囲気《ふんいき》を醸《かも》し出《だ》すリンドウに道《みち》を空《あ》ける。

『罪《つみ》を償《つぐな》わせてやる……お前《まえ》らの罪《つみ》を、苦《くる》しみの中《なか》で味《あじ》わわせてやるから、首《くび》を洗《あら》って待《ま》っていろ』


〜ハルコの家《いえ》〜

『ただいまー……って、誰《だれ》もいないんだけどね。ご飯《はん》まで何《なに》しよ……えっ？』

玄関《げんかん》のドアを開《あ》けて家《いえ》の中《なか》に入《はい》ったハルコは、背後《はいご》に感《かん》じた気配《けはい》に思《おも》わず振《ふ》り返《かえ》った。

同時《どうじ》にぶつかるような衝撃《しょうげき》と、脇腹《わきばら》に感《かん》じる鋭《するど》い痛《いた》みに、身体《からだ》を曲《ま》げてその場《ば》に崩《くず》れ落《お》ちる。

『え、え……い、痛《いた》っ……何《なに》これ……何《なに》これ何《なに》これ！　血《ち》が出《で》てる！　血《ち》が……』

状況《じょうきょう》を把握《はあく》できていなかったが、背後《はいご》に立《た》ち尽《つ》くす人物《じんぶつ》を見《み》てハルコは恐怖《きょうふ》した。

『工藤《くどう》ハルコ。お前《まえ》は僕《ぼく》の心《こころ》を壊《こわ》した。家《いえ》を燃《も》やした。中学生《ちゅうがくせい》だからといって罪《つみ》から逃《のが》れられると思《おも》うなよ。僕《ぼく》がお前《まえ》に罰《ばつ》を与《あた》える』

『く、楠木《くすのき》……こ、こんなことしてどうなるかわかってるの!?　次《つぎ》は殺《ころ》してやるから！』

プライドが恐怖《きょうふ》を上回《うわまわ》ったのか、ハルコは顔《かお》を引《ひ》きつらせながらもポケットからスマホを取《と》り出《だ》し、仲間《なかま》を呼《よ》ぼうとする。

画面《がめん》を操作《そうさ》し始《はじ》めたが、それはリンドウには大《たい》したことではなかった。振《ふ》り上《あ》げた包丁《ほうちょう》を振《ふ》り下《お》ろすと、操作《そうさ》していた指《ゆび》を切断《せつだん》する。

『ひっ！　ひぎゃあああっ！　ゆ、ゆ、指《ゆび》が、指《ゆび》がっ！　痛《いた》い痛《いた》い！』

ハルコは泣《な》き喚《わめ》き、床《ゆか》に転《ころ》がった指《ゆび》に手《て》を伸《の》ばそうとしたが、リンドウの足《あし》が容赦《ようしゃ》なくそれを踏《ふ》みつけた。

『どうして僕《ぼく》はもっと早《はや》くに抵抗《ていこう》しなかったのだろう。どうして反抗《はんこう》の意思《いし》を示《しめ》さなかったのだろう。僕《ぼく》をいじめていたヤツはこんなにも脆《もろ》くて弱《よわ》いじゃないか。こんなにも……醜《みにく》い存在《そんざい》じゃないか』

泣《な》き喚《わめ》くハルコの声《こえ》は、なんと心地《ここち》よく鼓膜《こまく》を震《ふる》わせるのか。

憎《にく》しみとともに湧《わ》き上《あ》がる悦《よろこ》び。それはハルコを痛《いた》めつけて初《はじ》めて感《かん》じた感情《かんじょう》。

ハルコは最初《さいしょ》はリンドウに恨《うら》みつらみを並《なら》べて睨《にら》みつけていたが、次第《しだい》に恐怖《きょうふ》が膨《ふく》らんでいき、助《たす》けてくれと懇願《こんがん》する声《こえ》に変《か》わり始《はじ》めた。

『た、助《たす》けて……お願《ねが》い、なんでもするから助《たす》けて……』

『おもしろいことを言《い》うね。お前《まえ》は僕《ぼく》の家《いえ》に放火《ほうか》して、なのに助《たす》けてくれって？　だったらまず僕《ぼく》の家《いえ》を元《もと》に戻《もど》せ。僕《ぼく》の心《こころ》を、身体《からだ》を元《もと》に戻《もど》せ。僕《ぼく》がお前《まえ》を許《ゆる》す唯一《ゆいいつ》の条件《じょうけん》だ』

それは、ハルコにはとてもできるはずのないことだとわかっていた。

こういった人間《にんげん》は人《ひと》の大切《たいせつ》な物《もの》は簡単《かんたん》に壊《こわ》すが、それによってどのようなことが起《お》こるかは考《かんが》えていない。

元《もと》に戻《もど》すなど考《かんが》えず、その責任《せきにん》から逃《に》げることに全力《ぜんりょく》なのだ。

『そ、そんなの無理《むり》に決《き》まってるでしょ！　ごめんなさい！　本当《ほんとう》にごめんなさい！』

『そうか……だったら僕《ぼく》も許《ゆる》すのは無理《むり》だ。そして残念《ざんねん》なことに……僕《ぼく》はお前《まえ》を殺《ころ》すことにほんのわずかな罪悪感《ざいあくかん》も持《も》ち合《あ》わせていない』

振《ふ》り上《あ》げられた包丁《ほうちょう》の鈍《にぶ》い光《ひかり》が、ハルコに絶望《ぜつぼう》という名《な》の闇《やみ》を落《お》とした。

数十分後《すうじっぷんご》、自宅《じたく》の玄関《げんかん》で大量《たいりょう》の血《ち》の中《なか》、ハルコは背中《せなか》を開《ひら》かれて息絶《いきた》えていた。背骨《せぼね》から肋骨《ろっこつ》を切断《せつだん》し、外《そと》に開《ひら》いて肺《はい》を取《と》り出《だ》す。ブラッドイーグル――血《ち》のワシという処刑方法《しょけいほうほう》なのだが、中学二年生《ちゅうがくにねんせい》がこれをわずかな時間《じかん》で行《おこな》うとは、どれほど恨《うら》みがあったのか。

そしてどれほど人体《じんたい》に対《たい》する知識《ちしき》を持《も》っていたのだろうか。

すでに家《いえ》を出《で》たリンドウは、次《つぎ》の場所《ばしょ》へ向《む》かっていた。ハルコの家《いえ》を物色《ぶっしょく》し、返《かえ》り血《ち》がわからないように上着《うわぎ》を盗《ぬす》んで。陽《ひ》が落《お》ち、人通《ひとどお》りが少《すく》ない道《みち》を選《えら》んで、人目《ひとめ》につかないように移動《いどう》していた。

『まだ警察《けいさつ》は動《うご》いていない。くしくも僕《ぼく》の家《いえ》の火事《かじ》が囮《おとり》になっているってわけか。次《つぎ》は……工藤《くどう》ハルコと一緒《いっしょ》にいた山岡《やまおか》タツマと一条《いちじょう》ゲンだ。逃《に》がさないぞ』

リンドウにとって都合《つごう》がよかったのは、時間《じかん》が経過《けいか》してもなお、ふたりが帰宅《きたく》しておらずに近《ちか》くのコンビニの前《まえ》にいたこと。

おそらく放火《ほうか》に加担《かたん》したものの罪《つみ》の意識《いしき》が多少《たしょう》はあったのだろう、その表情《ひょうじょう》は明《あか》るいとは言《い》い難《がた》い。

『ゲン、お前《まえ》いつまで暗《くら》い顔《かお》してんだよ。大丈夫《だいじょうぶ》だって言《い》ってんだろ? バレないって。たとえバレたとしても、俺《おれ》たちは工藤《くどう》に命令《めいれい》されたって言《い》えばいいんだよ』

『そ、そうだよな。しょ、少年法《しょうねんほう》ってのもあるからな。俺《おれ》たちはきっと……大丈夫《だいじょうぶ》だよな』

コンビニの壁《かべ》にもたれかかり、乾《かわ》いた笑《わら》いを浮《う》かべたふたり。

それを見《み》て、一体《いったい》なぜ笑《わら》っていられるんだとリンドウは怒《おこ》る。

ふたりは気《き》づいてはいなかったが、わざと聞《き》こえるように、ハルコの家《いえ》で拝借《はいしゃく》した靴《くつ》を地面《じめん》に擦《こす》りつけて音《おと》を出《だ》した。

近《ちか》くで突然《とつぜん》聞《き》こえた音《おと》に、ふたりはビクッと身体《からだ》を震《ふる》わせて顔《かお》を向《む》けた。

そして、フードを被《かぶ》ったリンドウを見《み》て、苛立《いらだ》ったような表情《ひょうじょう》をしたのだ。

『な、なんだよ、楠木《くすのき》かよ！　俺《おれ》たちに文句《もんく》でもあるってのか？　文句《もんく》なら工藤《くどう》に言《い》えよ？　俺《おれ》たちはあいつの提案《ていあん》に協力《きょうりょく》しただけだからな』

『わかったら消《き》えろよ。お前《まえ》の顔《かお》を見《み》てるとイラつくんだよ』

あっち行《い》けと払《はら》い除《の》けるように手《て》を振《ふ》るが、リンドウはバカにしたように微笑《ほほえ》んで見《み》せる。

それがさらにふたりを苛立《いらだ》たせて、もたれていたガラスから離《はな》れ、不敵《ふてき》に笑《わら》ういじめれっ子《こ》に身体《からだ》を向《む》けた。

『どうしてイラつくんだ？　怖《こわ》いのか？　怖《こわ》いんだろ？』

リンドウはそれだけ言《い》うと踵《きびす》を返《かえ》し、路地《ろじ》を逃《に》げるように走《はし》った。

当然《とうぜん》、顔《かお》を見合《みあ》わせたゲンとタツマも慌《あわ》てて追《お》いかける。

警察《けいさつ》に告《つ》げ口《ぐち》されてはたまらない。いくらハルコのせいにするとはいえ、何《なに》か証拠《しょうこ》が残《のこ》っていたらごまかせないかもしれないと思《おも》ったからだ。

『おい待《ま》て！　楠木《くすのき》！　テメェぶっ殺《ころ》すぞ待《ま》てよ！』

『殺《ころ》されるとわかっていて待《ま》つヤツなんていないだろ』

道《みち》の突《つ》き当《あ》たり。田舎《いなか》にありがちな、道《みち》の脇《わき》に田《た》んぼがある場《ば》所《しょ》で立《た》ち止《ど》まったリンドウに追《お》いついたタツマが、肩《かた》を握《にぎ》り潰《つぶ》さんばかりの勢《いきお》いで掴《つか》みかかった。

だが、何《なに》か違《い》和《わ》感《かん》を覚《おぼ》えて慌《あわ》ててその手《て》を離《はな》す。

『うえっ……濡《ぬ》れてやがる。なんで……って、赤《あか》い？』

街《がい》灯《とう》が点《つ》き始《はじ》める時《じ》間《かん》。

頭《ず》上《じょう》から降《ふ》り注《そそ》ぐ光《ひかり》に照《て》らされた自《じ》分《ぶん》の手《て》を見《み》て、タツマは小《ちい》さく『ひっ』と声《こえ》を上《あ》げて後《あと》退《ずさ》りをした。

せっかく近《ちか》くに寄《よ》ってきてくれたふたりを逃《に》がすまいと、リンドウはゆっくりと弧《こ》を描《えが》くように歩《ある》き、田《た》んぼと挟《はさ》む形《かたち》に位《い》置《ち》取《ど》って上着《うわぎ》の中《なか》からあるものを取《と》り出《だ》した。

『なんで濡《ぬ》れてるかって？　工《く》藤《どう》ハルコの血《ち》で濡《ぬ》れてるんだよ。大量《たいりょう》に浴《あ》びすぎて、まだ乾《かわ》いていないんだよ。ほら、これをあげるよ』

そう言《い》いながらふたりに投《な》げたのは、何《なに》かの役《やく》に立《た》つかと思《おも》って持《も》ってきたハルコの心《しん》臓《ぞう》だった。

ベチャッと音《おと》を立《た》ててゲンの顔《かお》に当《あ》たる。

『し、ししししし、し、心臓《しんぞう》……心臓《しんぞう》！　ひ、ひやっ、あ、あわわわっ！　な、なんで、心臓《しんぞう》って！　工藤《くどう》はどうなったんだ、どうしてお前《まえ》が工藤《くどう》の心臓《しんぞう》なんか……』

『心臓《しんぞう》がここにあるのに、どうなったと思《おも》ってるんだ？　死《し》んだに決《き》まってるだろ？　僕《ぼく》の家《いえ》を奪《うば》い、心《こころ》を壊《こわ》したんだ。人生《じんせい》まで奪《うば》われるくらいなら、僕《ぼく》がお前《まえ》たちの人生《じんせい》を奪《うば》ってやるんだ』

顔《かお》はニヤニヤと笑《わら》っているが、声《こえ》も目《め》もまったく笑《わら》っておらず、それを理解《りかい》したふたりは恐怖《きょうふ》した。

いつも反撃《はんげき》をしてこないからこそ、安全《あんぜん》だ

とわかっているからこそ手《て》を出《だ》していたのだ。殺《ころ》されるというのならやらなかった。

声《こえ》には出《だ》さないが、ふたりがそう思《おも》っているというのがその表情《ひょうじょう》からわかる。

『お、俺《おれ》じゃねぇ！　工藤《くどう》だ！　工藤《くどう》に言《い》われたから俺《おれ》たちは！　工藤《くどう》を殺《ころ》したんだろ？　だったらもういいじゃないかよ。な？　ゆ、許《ゆる》してくれよ、な？』

『わ、悪《わる》かったよ、本当《ほんとう》に悪《わる》かった！　この通《とお》り……だから許《ゆる》してくれ！』

震《ふる》えながら正座《せいざ》して、手《て》を合《あ》わせて祈《いの》るように謝《あやま》るふたりを見《み》て、リンドウは呆《あき》れたように首《くび》を横《よこ》に振《ふ》った。

『謝《あやま》れば許《ゆる》されるなら、お前《まえ》たちを殺《ころ》してから僕《ぼく》も謝《あやま》るよ。でも僕《ぼく》も鬼《おに》じゃないから……うしろの田《た》んぼに飛《と》び込《こ》みなよ。昨日《きのう》の雨《あめ》で土《つち》が柔《やわ》らかくなってて泥《どろ》だらけになるだろうけど、死《し》ぬよりマシだろ？』

振《ふ》り返《かえ》ってから顔《かお》を見合《みあ》わせたふたりは苦笑《にがわら》いを浮《う》かべたが、リンドウがドンッと地面《じめん》を踏《ふ》みつけると、驚《おどろ》いて這《は》ったまま田《た》んぼへ向《む》かった。

そして、道《みち》の端《はし》から一《いち》メートルほど下《した》の田《た》んぼへと、なんのためらいもなく飛《と》び込《こ》んだのだった。

グニュッという決《けっ》して気持《きも》ちのよくない泥《どろ》の感触《かんしょく》を覚《おぼ》えるふたり。

『ぶへっ！　水《みず》が溜《た》まってた！　で、でもこれで殺《ころ》さないでくれる……』

泥水《どろみず》から顔《かお》を上《あ》げたタツマが頭《あたま》を振《ふ》り、同《おな》じく飛《と》び込《こ》んだ横《よこ》にいるゲンのほうに顔《かお》を向《む》けた。

次《つぎ》の瞬間《しゅんかん》、バキッという音《おと》とともに、何《なに》かの衝撃《しょうげき》を受《う》けたかのようにゲンの身体《からだ》が泥《どろ》の中《なか》に沈《しず》み込《こ》んでしまったのだ。

その背中《せなか》にはリンドウ。

包丁《ほうちょう》が深々《ふかぶか》と背中《せなか》に突《つ》き立《た》てられていた。唸《うな》る間《ま》もなく心臓《しんぞう》に突《つ》き立《た》てられたのだろうということがわかる。

背骨《せぼね》を砕《くだ》かれたのか、それともハルコのときと同《おな》じく肋骨《ろっこつ》を砕《くだ》いたのかはわかるはずもない。

だが、何《なに》をしても殺《ころ》されるのだろうということだけタツマは感《かん》じていた。

『ごめん、一条《いちじょう》ゲンくん。やっぱり許《ゆる》せないから殺《ころ》したけど、許《ゆる》してくれるよね？』

リンドウはなんの感情《かんじょう》もなく、ただ機械的《きかいてき》にそうつぶやく。そして、顔《かお》をタツマのほうに向《む》けた。

　このままでは殺《ころ》されると、タツマは必死《ひっし》に逃《に》げようともがくが、腕《うで》が想像以上《そうぞういじょう》に泥《どろ》に埋《う》まり、身動《みうご》きが取《と》れない。

『僕《ぼく》は手足《てあし》を縛《しば》られてプールに放《ほう》り込《こ》まれたよね。運《うん》よく脚《あし》のロープが緩《ゆる》かったから助《たす》かったけど……あのときは死《し》ぬと思《おも》ったよ。あ、でもお前《まえ》は助《たす》からないからね？　溺《おぼ》れる恐怖《きょうふ》を味《あじ》わうといいよ』

　そう言《い》ってニタリと笑《わら》ったリンドウは、タツマの後頭部《こうとうぶ》を踏《ふ》み、泥水《どろみず》が溜《た》まる部分《ぶぶん》に顔《かお》を押《お》しつけたのだ。

『んーっ！　んーっ！』

　リンドウはタツマが足《あし》の下《した》でもがく感触《かんしょく》を覚《おぼ》えるが、当然《とうぜん》踏《ふ》みつける足《あし》の力《ちから》を緩《ゆる》めるはずがなかった。

　プールに投《な》げ込《こ》まれたリンドウも同《おな》じ思《おも》いをしていたのだから、タツマも死《し》を覚悟《かくご》すべきだと、さらに強《つよ》く頭部《とうぶ》を踏《ふ》んだ。

　もっとも、死《し》ぬまで踏《ふ》みつけるつもりなのだから、タツマがどう思《おも》おうと関係《かんけい》はないのだが。

身《み》をよじって抵抗《ていこう》していたタツマだったが、しばらくするとその動《うご》きがなくなり、リンドウが足《あし》の裏《うら》で感《かん》じていた抵抗《ていこう》もなくなった。

しかしまだ力《ちから》を緩《ゆる》めない。

死《し》んだフリをされていたら、また同《おな》じ作業《さぎょう》をしなければならないと思《おも》ったからだ。

『まだあと六人《ろくにん》も残《のこ》ってるのか。もうすぐ部活《ぶかつ》が終《お》わる時間《じかん》だ。早《はや》くしなければ殺《ころ》せなくなるし、家《いえ》に帰《かえ》られると厄介《やっかい》だな』

リンドウは考《かんが》えた。

どうすれば効率《こうりつ》よく殺《ころ》せて、捕《つか》まる前《まえ》に学校《がっこう》のロッカーにたどり着《つ》けるかと。

おそらく美術部員《びじゅつぶいん》の地村《ちむら》ルミナと成瀬《なるせ》アンはまだ学校《がっこう》に残《のこ》っているだろう。

問題《もんだい》は残《のこ》る四人《よにん》。

素行《そこう》の悪《わる》い武藤《むとう》カツヤ、八尾《やお》アキ、香月《かつき》ユウタと不二《ふじ》ケイジは一緒《いっしょ》にいることが多《おお》い。

リンドウは彼《かれ》らが川原《かわら》の橋《はし》の下《した》でたむろしているのを何度《なんど》か見《み》たことがあった。あまり人目《ひとめ》につかない場所《ばしょ》だから、不良《ふりょう》の溜《た》まり場《ば》にはうってつけなのだろう。

動《うご》かなくなったタツマの首《くび》に包丁《ほうちょう》を突《つ》き立《た》て、次《つぎ》の場所《ばしょ》に向《む》かう。突発的《とっぱつてき》な行動《こうどう》がゆえに計画性《けいかくせい》などまるでないのだが、リンドウに迷《まよ》いはなく、失敗《しっぱい》するなどとは微塵《みじん》も思《おも》っていない。

むしろ絶対《ぜったい》に殺《ころ》してやるという強《つよ》い思《おも》いによって、成就《じょうじゅ》するのだと信《しん》じ切《き》っていた。

『大丈夫《だいじょうぶ》だ。僕《ぼく》は最後《さいご》までやれる。これが終《お》わったあとなら……どうにでもするがいいさ』

ブツブツと何《なに》かをつぶやきながらやってきた、例《れい》の橋《はし》の下《した》。

『いや、だからよ。お前《まえ》らは雑《ざつ》なんだよ。もっとうまくやらねぇとバレるだろ？　身体《からだ》に傷痕《きずあと》を残《のこ》すとか三流《さんりゅう》だからな？』

『なんの三流《さんりゅう》だよ。カツヤだって階段《かいだん》から蹴落《けお》としたことあるだろ？　あいつ、腕《うで》を骨折《こっせつ》してたじゃねえかよ。だったらお前《まえ》も三流《さんりゅう》ってことだよな？』

『バーカ。身体《からだ》の中《なか》なら見《み》えないからいいんだよ。骨折《こっせつ》なんて治《なお》っちまえばわからねぇ。お前《まえ》らがやったことは腕《うで》に残《のこ》ってるだろ』

店《みせ》で買《か》ったのか、それとも万引《まんび》きしたのかわからない菓子《かし》を食《た》べながら、緩《ゆる》やかな斜面《しゃめん》に腰掛《こしか》けて四人《よにん》が談笑《だんしょう》していた。

話《はなし》の内容《ないよう》を聞《き》くに、どうやってリンドウをいたぶったかというものだ。

こんな場所《ばしょ》で、人《ひと》に危害《きがい》を加《くわ》えることを嬉々《きき》として話《はな》している外道《げどう》たちをどうして許《ゆる》すことができるだろうか。

しかし、ひとり女子《じょし》がいるとはいえ、四人《よにん》を相手《あいて》にするには包丁一本《ほうちょういっぽん》では心許《こころもと》ない。

不意打《ふいう》ちでひとり殺《ころ》したとしても、三人《さんにん》に反撃《はんげき》されるか逃《に》げられるか。

ハルコの心臓《しんぞう》もなければ、タツマたちの身体《からだ》の一部《いちぶ》も持《も》ってこなかったから、怯《ひる》ませることもできない。

悔《くや》しいが、リンドウの力《ちから》ではこれが限界《げんかい》だと気《き》づき、ポケットからある・・・・モノを取《と》り出《だ》して、それを楽《たの》しそうに談笑《だんしょう》する四人《よにん》に向《む》けたのだった。

『でよ、あいつバカだから「絶対《ぜったい》に明日持《あすも》ってくるから許《ゆる》してください」とか言《い》ってきてよ。許《ゆる》すかってての』

『ギャハハハッ！　最初《さいしょ》から大人《おとな》しく金持《かねも》ってくればよかったのに……ぶへっ！　な、なんだこれ！』

話《はなし》をしている途中《とちゅう》で、何《なに》かが四人《よにん》にかけられた。

液体《えきたい》のようなものだったがそれが何《なに》かはわからない。

独特《どくとく》の臭気《しゅうき》があり、その正体《しょうたい》に気《き》づいたケイジが慌《あわ》てて立《た》ち上《あ》がったが遅《おそ》かった。

リンドウにとっては幸運《こううん》だったが、彼《かれ》らにとって不運《ふうん》だったのは、カツヤがタバコを口《くち》にくわえ、ライターで火《ひ》を点《つ》けようとする直前《ちょくぜん》だったことだ。

指《ゆび》はもう止《と》まらなかった。

カチッと火花《ひばな》が散《ち》った瞬間《しゅんかん》。

炎《ほのお》が一気《いっき》に広《ひろ》がり、四人《よにん》を包《つつ》み込《こ》んだのだ。

『な、何《なに》これ何《なに》これ！　熱《あつ》っ……いや、助《たす》け……』

『何《なに》がどうなってんだよっ！　あがっ！』

全身《ぜんしん》が炎《ほのお》で包《つつ》まれ、のたうち回《まわ》る四人《よにん》を見《み》て、リンドウは背中《せなか》を向《む》けて学校《がっこう》へ向《む》かった。

ああなってはおそらく助《たす》からないだろう。

目《め》の前《まえ》に川《かわ》があるのだから、飛《と》び込《こ》めばもしかすると助《たす》かるかもしれないが、四人《よにん》はパニックを起《お》こしていて、そんなことを考《かんが》える余裕《よゆう》はないのだろう。

いや、そもそも謎《なぞ》の液体《えきたい》……ガソリンがかけられ、地面《じめん》から炎《ほのお》が上《あ》がっている状態《じょうたい》ではどこに何《なに》があるかも見《み》えていないだろうし、火《ひ》だるまの状態《じょうたい》では瞼《まぶた》も閉《と》じているからわからないのだろう。

自分《じぶん》の力《ちから》でどうにかしたかったリンドウにとって、他者《たしゃ》の力《ちから》に頼《たよ》って殺《ころ》すというのは嫌《いや》だった。

だが、すでに三人殺《さんにんころ》していて、発見《はっけん》されれば警察《けいさつ》が動《うご》き出《だ》す状況下《じょうきょうか》では仕方《しかた》がないことだった。

まだ美術部員《びじゅつぶいん》のふたりが残《のこ》っているのだから。

『時間《じかん》がない。行《い》こうか』

誰《だれ》かにそう言《い》ってその場《ば》を離《はな》れたリンドウ。

背後《はいご》では燃《も》える四人《よにん》が悶《もだ》えているが、それもしばらくすると動《うご》きを止《と》めて地面《じめん》に倒《たお》れ込《こ》んだ。

一体《いったい》、リンドウは何《なに》をして四人《よにん》を殺《ころ》したのか。

それは他者《たしゃ》には決《けっ》してわからない方法《ほうほう》。

呪《のろ》われた学校《がっこう》の怪談《かいだん》による力《ちから》……とでも言《い》うべきものだったのだ。

学校《がっこう》に戻《もど》ったリンドウは誰《だれ》にも見《み》つからないように職員室《しょくいんしつ》に向《む》かい、先生《せんせい》たちの目《め》を盗《ぬす》んで技術工作室《ぎじゅつこうさくしつ》の鍵《かぎ》を取《と》ると、迷《まよ》いなく美術室《びじゅつしつ》に向《む》かった。

放課後《ほうかご》になると人通《ひとどお》りがほとんどなくなる廊下《ろうか》を選《えら》んで歩《ある》く。

部活《ぶかつ》が終《お》わるまでまだ少《すこ》し時間《じかん》があり、廊下《ろうか》を歩《ある》いている生徒《せいと》がほぼいないのは好都合《こうつごう》だったのだ。

『地村《ちむら》ルミナと成瀬《なるせ》アン……いや、美術部員全員殺《びじゅつぶいんぜんいんころ》してしまうか？』

学校《がっこう》にいるのだから、多少強引《たしょうごういん》に殺《ころ》してしまっても問題《もんだい》はない。技術工作室《ぎじゅつこうさくしつ》の準備室《じゅんびしつ》にあるロッカーに駆《か》け込《こ》み、願《ねが》いごとを叶《かな》えればいいだけだ。

こんな都市伝説《としでんせつ》のような、ただの学校《がっこう》の怪談《かいだん》ならばリンドウがこのような凶行《きょうこう》に及《およ》ぶことはなかった。

しかし、学校《がっこう》の怪談《かいだん》が現実《げんじつ》になるとわかり、背中《せなか》を押《お》されたのだ。

階段《かいだん》を上《のぼ》り、美術室《びじゅつしつ》の前《まえ》。

廊下《ろうか》でポケットから取《と》り出《だ》したのは……鏡《かがみ》。

川原《かわら》で四人《よにん》に向《む》けたのもこれだった。

『ほかの美術部員《びじゅつぶいん》の目《め》を潰《つぶ》すんだ。地村《ちむら》ルミナと成瀬《なるせ》アンは僕《ぼく》が殺《ころ》すから手《て》を出《だ》すな。そのほかは勝手《かって》にすればいい』

そう言《い》い、美術室《びじゅつしつ》のうしろの棚《たな》の上《うえ》に、室内《しつない》が映《うつ》るように鏡《かがみ》を置《お》いたリンドウ。

誰《だれ》に話《はな》しているかわからなかったが、その次《つぎ》の瞬間《しゅんかん》、恐《おそ》ろしいことが起《お》こった。

室内《しつない》にいた美術部員《びじゅつぶいん》たちの目《め》が横一文字《よこいちもんじ》に斬《き》られ、血飛沫《ちしぶき》が飛《と》び散《ち》ったのだ。

『えっ……停電《ていでん》？』

『ちょっと、電気《でんき》消《け》さないでよ！　誰《だれ》!?　こんなイタズラしたの』

『何《なに》……痛《いた》っ！　何《なに》、何《なに》!?　目《め》が痛《いた》い目《め》が痛《いた》い！　え、何《なに》これ何《なに》も見《み》えない！　何《なに》か濡《ぬ》れてる！』

斬《き》られた瞬間《しゅんかん》は痛《いた》みを感《かん》じなかったのだろう。

少《すこ》しして痛《いた》みを感《かん》じ始《はじ》めた美術部員《びじゅつぶいん》たちが悲鳴《ひめい》を上《あ》げて彷徨《さまよ》い床《ゆか》を転《ころ》がるという阿鼻《あび》

叫喚《きょうかん》の地獄絵図《じごくえず》がリンドウの目《め》の前《まえ》に広《ひろ》がる。

『みんな何《なに》を言《い》って……って！　な、なんで!?　どうして目《め》が……何《なに》がどうなってるのよ！』

『ルミナ、あんたは無事《ぶじ》!?　私《わたし》とルミナだけは怪我《けが》してない……何《なに》がどうなって……はぎっ！』

この状況《じょうきょう》に戸惑《とまど》いを隠《かく》せないルミナとアン。

だが、リンドウにとっては絶好《ぜっこう》の機会《きかい》でしかなく、アンの背後《はいご》に歩《あゆ》み寄《よ》り、うしろから喉《のど》に当《あ》てた包丁《ほうちょう》を横《よこ》に引《ひ》いたのだった。

床《ゆか》に倒《たお》れるアンと、その背後《はいご》に立《た》つ血塗《ちまみ》れのリンドウを見上《みあ》げたルミナの顔色《かおいろ》は一気《いっき》に青《あお》くなる。そして、腰《こし》が抜《ぬ》けたのかイスから転《ころ》がり落《お》ちて後退《あとずさ》った。

『あ、あ……な、なんで……楠木《くすのき》……ど、どうしてこんなことを……』

『どうしてだって？　嫌《いや》だなあ地村《ちむら》。そんなの決《き》まってるじゃないか。もう我慢《がまん》の限界《げんかい》だったんだよ。このままだと僕《ぼく》は壊《こわ》れて死《し》んでしまう。だが、どうして社会《しゃかい》のゴミのせいで僕《ぼく》が死《し》ななければならないんだってね。だから、社会《しゃかい》のゴミのほうを殺《ころ》すことにしたんだ。僕《ぼく》は何《なに》も悪《わる》くない。僕《ぼく》をいじめていたキミたちが悪《わる》いんだよ。だから……安心《あんしん》して、死《し》ね』

その目《め》は本気《ほんき》で、ルミナは今度《こんど》は自分《じぶん》の番《ばん》だということを痛《いた》いほどに感《かん》じた。

いくら恨《うら》みが強《つよ》いとはいえ、こうも簡単《かんたん》に人《ひと》を殺《ころ》せるのかと恐怖《きょうふ》する。

『あ、あ……お、お願《ねが》い……お願《ねが》い。今《いま》までのことは謝《あやま》るから……ごめんなさい。許《ゆる》して。お願《ねが》いよ、許《ゆる》して』

涙《なみだ》をボロボロと流《なが》し、必死《ひっし》に懇願《こんがん》するルミナを見下《みお》ろしてリンドウは笑《わら》った。

『その言葉《ことば》を待《ま》っていたんだよ地村《ちむら》。僕《ぼく》はみんなに謝《あやま》ってほしかったんだ。そして、謝《あやま》ってくれた人《ひと》には笑顔《えがお》でこう答《こた》えるんだ』

話《はなし》の流《なが》れが少《すこ》し変《か》わり始《はじ》めたと思《おも》ったルミナは、恐怖《きょうふ》がほんの少《すこ》し和《やわ》らぐ。

だが、次《つぎ》の言葉《ことば》が再《ふたた》びルミナを絶望《ぜつぼう》に叩《たた》き落《お》とす。

『謝《あやま》っただけで、今《いま》までやってきたことのすべてがなくなると思《おも》うのかい？　謝《あやま》って済《す》むのなら、僕《ぼく》もキミを殺《ころ》すけど……そのあとに謝《あやま》るから許《ゆる》してくれるよね？』

満面《まんめん》の笑《え》みでリンドウの持《も》つ包丁《ほうちょう》が、ルミナの左目《ひだりめ》に突《つ》き刺《さ》さった。

『あっ』

その短《みじか》い悲鳴《ひめい》のあと、教室《きょうしつ》を震《ふる》わせるような大絶叫《だいぜっきょう》。

耳《みみ》をつんざくような声《こえ》に苛立《いらだ》ちを覚《おぼ》えたリンドウは、アンと同《おな》じく喉《のど》に刃《は》を滑《すべ》らせた。

『地村《ちむら》、キミはあいかわらずうるさいね。生《い》きているうちに先《さき》に言《い》っておくよ。今《いま》から殺《ころ》すけどごめんね？　でもキミは謝《あやま》ったら許《ゆる》してくれるんだよね？』

リンドウの手《て》の包丁《ほうちょう》が動《うご》いた。


すべてが終《お》わった。

返《かえ》り血《ち》に塗《まみ》れた状態《じょうたい》で廊下《ろうか》を歩《ある》いていたリンドウは、真《ま》っ直《す》ぐに技術工作室《ぎじゅつこうさくしつ》へ向《む》かっていた。

美術室《びじゅつしつ》から悲鳴《ひめい》がまだ聞《き》こえているが、リンドウにはどうでもよかった。

技術工作室《ぎじゅつこうさくしつ》にたどり着《つ》き、室内《しつない》に入《はい》る。

さらに準備室《じゅんびしつ》に入《はい》ったリンドウは、禍々《まがまが》しい雰囲気《ふんいき》を醸《かも》し出《だ》しているロッカーを見《み》て、ゴクリと唾《つば》を飲《の》んだ。

『僕《ぼく》の願《ねが》いはただひとつだ。ここではない、僕《ぼく》が力《ちから》を持《も》つ、他者《たしゃ》に絶対《ぜったい》に捕《つか》まることのない世界《せかい》になってほしい。僕《ぼく》がいじめられる世界《せかい》なんて……もう嫌《いや》だ』

強《つよ》く、とても強《つよ》く祈《いの》りを込《こ》めて入《はい》ったロッカー。

どれだけこの中《なか》に入《はい》っていればいいかはわからない。

五分《ごふん》ほど祈《いの》ってロッカーから出《で》たリンドウは……妙《みょう》に世界《せかい》が晴《は》れ渡《わた》っているような感覚《かんかく》に包《つつ》まれた。

先《さき》ほどの禍《まが》々《まが》しい空気《くうき》は消《き》え、望《のぞ》む世界《せかい》になったのだと理解《りかい》する。

『ああ……ここが僕《ぼく》が望《のぞ》んだ世界《せかい》。僕《ぼく》は……逃《に》げることに成功《せいこう》したんだ』

満面《まんめん》の笑《え》みを浮《う》かべて技術工作室《ぎじゅつこうさくしつ》を出《で》たリンドウは……廊下《ろうか》で驚《おどろ》いたようにこちらを見《み》る人物《じんぶつ》に遭遇《そうぐう》し目《め》を見開《みひら》いた。

その人物《じんぶつ》は……この世界《せかい》の自分《じぶん》。

しかし相手《あいて》は気《き》づかないのか、真《ま》っ赤《か》なリンドウを見《み》て不思議《ふしぎ》そうに近《ちか》づいてきたのだ。

『キミはこんなところで何《なに》をしているんだ？　真《ま》っ赤《か》な塗料《とりょう》……いや、血《ち》か？　何《なに》がどうなっているのかわからないが、顔《かお》を洗《あら》ってきたほうがいいのではないか？』

無防備《むぼうび》に近《ちか》づいてきたこの世界《せかい》のリンドウに、別世界《べっせかい》から来《き》たリンドウはニヤリと笑《え》みを浮《う》かべた。

『僕《ぼく》はなんて運《うん》がいいのだろうか。この世界《せかい》に来《き》てすぐに、捜《さが》す手間《てま》もなく自分《じぶん》を殺《ころ》せるなんてね』

言葉巧《ことばたく》みに準備室《じゅんびしつ》に誘《さそ》い込《こ》み、包丁《ほうちょう》でひと突《つ》きして、ロッカーの中《なか》に押《お》し込《こ》んだ。

そのあとトイレに向《む》かい、顔《かお》についた血《ち》を洗《あら》い流《なが》していたときだった。

鏡《かがみ》の中《なか》がぐにゃりと歪《ゆが》み、リンドウの背後《はいご》に人《ひと》のような物《もの》が立《た》っていることに気《き》づいたのだ。

『キミの願《ねが》い。自分《じぶん》をいじめたすべての人間《にんげん》の死《し》を叶《かな》えましたよ。では、最初《さいしょ》に言《い》っておいた、私《わたし》からの質問《しつもん》です。私《わたし》の名前《なまえ》はなんでしょうか？　教《おし》えてください』

その人影《ひとかげ》が、リンドウに語《かた》りかける。

だが、リンドウはそれを無視《むし》して顔《かお》を洗《あら》い続《つづ》ける。

『そんなの知《し》るわけがないだろう。僕《ぼく》はあいつらが死《し》ねばそれでいいんだ。しかしこの世界《せかい》に来《き》てまで追《お》ってくるとは。存外暇《ぞんがいひま》なのだね、怪人《かいじん》ミラーというのは』

バカにしたように顔《かお》を上《あ》げたリンドウだったが……そこに自分《じぶん》は映《うつ》っていなかった。

いや、正《ただ》しくはそうではない。

そこに、楠木《くすのき》リンドウという存在《そんざい》がいなくなっていたのだ。

あの日《ひ》、ハルコたちに家《いえ》を燃《も》やされる少《すこ》し前《まえ》。

リンドウは学校《がっこう》から帰《かえ》る直前《ちょくぜん》に、藁《わら》にもすがる思《おも》いで怪人《かいじん》ミラーの怪談《かいだん》を頼《たよ》った。

そしてその願《ねが》いは成就《じょうじゅ》し、「鏡《かがみ》を向《む》けた相手《あいて》を、怪人《かいじん》ミラーが殺《ころ》す」という力《ちから》を使《つか》って望《のぞ》むすべての人《ひと》を殺《ころ》したのだった。


〜技術工作室《ぎじゅつこうさくしつ》・準備室《じゅんびしつ》〜

今《いま》の記憶《きおく》はリンドウの想像《そうぞう》なのか、それとも実際《じっさい》に別《べつ》の世界《せかい》で起《お》こったことなのか。

怪人《かいじん》ミラーの首《くび》を絞《し》め、仮面《かめん》を剥《は》ぎ取《と》った状態《じょうたい》で固《かた》まっていた時《とき》が動《うご》き出《だ》すように、リンドウは震《ふる》えながら息《いき》を吸《す》う。

「驚《おどろ》いていますね？　私《わたし》はキミです。ただし、工藤《くどう》ハルコに家《いえ》を燃《も》やされる直前《ちょくぜん》に怪人《かいじん》ミラーと契約《けいやく》し、復讐《ふくしゅう》を果《は》たした世界《せかい》からやってきた違《ちが》いはありますがね」

「……違《ちが》う。僕《ぼく》はお前《まえ》じゃない。僕《ぼく》は！　たしかに彼《かれ》らを恨《うら》んではいたが、殺《ころ》そうとは思《おも》っていなかった！　僕《ぼく》はこの世界《せかい》に逃《に》げたが……そうだ。思《おも》い出《だ》した。僕《ぼく》はこの世界《せかい》の自分《じぶん》を殺《ころ》してなんていない！　不思議《ふしぎ》だったが、どこにもいなかったんだ！」

記憶《きおく》の混濁《こんだく》があり、あたかも自分《じぶん》が殺《ころ》したような記憶《きおく》がある。

それどころか、自分《じぶん》をいじめていた人《ひと》たちを殺《ころ》した記憶《きおく》まであるのだ。

「フフフ。私《わたし》の記憶《きおく》がキミに流《なが》れ込《こ》んでいるのです。その逆《ぎゃく》も然《しか》り……キミの記憶《きおく》も私《わたし》に流《なが》れ込《こ》んでいるのです。この世界《せかい》では私《わたし》はもう、怪談《かいだん》の中《なか》の存在《そんざい》です。そこにキミがやってきた。私《わたし》が楠木《くすのき》リンドウではなくなったから、キミの存在《そんざい》が許《ゆる》されたわけです。理解《りかい》しましたか？　まあ……他者《たしゃ》に捕《つか》まらないという願《ねが》いでしたが、まさか自分自身《じぶんじしん》に捕《つか》まるとは思《おも》いませんでしたね」

理解《りかい》したくないという様子《ようす》でリンドウは首《くび》を横《よこ》に振《ふ》る。

追《お》っていた怪人《かいじん》ミラーが、別世界《べつせかい》の自分自身《じぶんじしん》だなんて思《おも》いたくなかったから。

「お前《まえ》が……みんなを！　僕《ぼく》の大切《たいせつ》な人《ひと》を奪《うば》った！　どうして僕《ぼく》が僕《ぼく》の不幸《ふこう》を望《のぞ》む!?　どうして僕《ぼく》を頼《たよ》った人《ひと》たちを殺《ころ》した！」

まだゲンは死《し》んではいないが、リンドウがKの件《けん》で協力《きょうりょく》しなければ、きっとあのときに死《し》んでいたのだろう。

そして、これからも何《なに》かが起《お》こるならば次《つぎ》の犠牲者《ぎせいしゃ》はゲンだ。

それだけはなんとしてでも止《と》めなければという思《おも》いで、怪人《かいじん》ミラーを問《と》いつめる。

「本当《ほんとう》にわかりませんかね？　私《わたし》を前《まえ》にしてもうその答《こた》えは出《で》ているでしょうに。私《わたし》をいじめていた連中《れんちゅう》は言《い》うに及《およ》ばず。自分《じぶん》と同《おな》じ顔《かお》をした人間《にんげん》が、自分《じぶん》のテリトリーの中《なか》を我《わ》が物顔《ものがお》で彷徨《うろつ》いているのです。不愉快《ふゆかい》になりませんか？　私《わたし》はキミを認《みと》めたくはないし、キミもまた、私《わたし》を認《みと》めてはいないでしょう？　嫌悪感《けんおかん》。つまりはそういうことです」

「ふざけるなっ！　この世界《せかい》の人《ひと》たちは僕《ぼく》をいじめてなどいない！　お前《まえ》が彼《かれ》らの命《いのち》を弄《もてあそ》ぶ権利《けんり》などなかったんだ！」

首《くび》を絞《し》める手《て》に、さらに力《ちから》を込《こ》める。

捕《つか》まるはずのない怪談《かいだん》の怪物《かいぶつ》、怪人《かいじん》ミラーを捕《つか》まえるなど今《いま》までにはなかったことだ。

「フフフ……友達《ともだち》が欲《ほ》しいという願《ねが》いで、なぜ存在《そんざい》しない柳《やなぎ》ロアンと三杉《みすぎ》カナデが友達《ともだち》としていたのでしょうね？　答《こた》えは簡単《かんたん》。キミの友達《ともだち》になる人《ひと》などいなかったからですよ」

ロアンとカナデは存在《そんざい》していなかった。

そして友達《ともだち》など誰《だれ》もいなかったという言葉《ことば》に、怪人《かいじん》ミラーの首《くび》を絞《し》める手《て》の力《ちから》が緩《ゆる》んだ。

「う、嘘《うそ》だ。ロアンくんは夢《ゆめ》の中《なか》でお前《まえ》が殺《ころ》した。カナデくんはお前《まえ》が連《つ》れ去《さ》ったのだ。そうだ、カナデくんを返《かえ》せ！　僕《ぼく》の友達《ともだち》を返《かえ》せ！」

謎《なぞ》の怪物《かいぶつ》、怪人《かいじん》ミラーが言《い》うのと、自分《じぶん》と同《おな》じ容姿《ようし》の人物《じんぶつ》が言《い》うのでは説得力《せっとくりょく》に差《さ》が出《で》てしまう。

別《べつ》の世界《せかい》の自分《じぶん》……と認《みと》めたわけではないが、リンドウにとって正体《しょうたい》のわからない怪人《かいじん》のほうがどれだけ気《き》が楽《らく》だっただろう。

「本当《ほんとう》にわからない人《ひと》ですね、キミは。まあ、私自身《わたしじしん》なのですから、その頑固《がんこ》さも理解《りかい》しているつもりです。ですがキミもそろそろふたりが死《し》んでいることを理解《りかい》し始《はじ》めているはずです。柳《やなぎ》ロアンは過去《かこ》に別《べつ》の怪人《かいじん》ミラーが悪夢《あくむ》の中《なか》で殺《ころ》しました。三杉《みすぎ》カナデはキミが生《う》まれるより以前《いぜん》に学校《がっこう》の屋上《おくじょう》から身《み》を投《な》げて死亡《しぼう》した生徒《せいと》なのですよ」

怪人《かいじん》ミラーの言葉《ことば》のひとつひとつが、映像《えいぞう》となって頭《あたま》の中《なか》に鮮明《せんめい》に映《うつ》し出《だ》される。

まるでかつての記憶《きおく》を思《おも》い出《だ》しているかのように、経験《けいけん》していないことまで。

これは怪人《かいじん》ミラーとなった別世界《べっせかい》の自分《じぶん》の記憶《きおく》が流《なが》れ込《こ》んでいるのだろうか。

信《しん》じたくないのに、同《おな》じ人間《にんげん》がふたりいて、記憶《きおく》が混濁《こんだく》しているという話《はなし》も納得《なっとく》してしまいそうになる。

「なぜ、願《ねが》いを叶《かな》えたら自分《じぶん》のドッペルゲンガーを殺《ころ》さなければならないのか。それがこの記憶《きおく》の混濁《こんだく》ですよ。殺《ころ》さなければ時間《じかん》をかけて記憶《きおく》が混《ま》じり、最終的《さいしゅうてき》にふたりはひとりの人間《にんげん》になってしまうのです。まあ……私《わたし》が怪人《かいじん》ミラーの仮面《かめん》をつけている間《あいだ》は記憶《きおく》の流出《りゅうしゅつ》も流入《りゅうにゅう》も少《すく》ないようですが。キミは……そのわずかな記憶《きおく》の流入《りゅうにゅう》で、この世界《せかい》の楠木《くすのき》リンドウを殺《ころ》したと思《おも》い込《こ》んだのです」

先《さき》にも聞《き》いたことだが、やはりリンドウはこの世界《せかい》の自分《じぶん》を殺《ころ》してなどいなかった。

それには安堵《あんど》したが、だからといって状況《じょうきょう》が好転《こうてん》したわけではない。

「それなら……お前《まえ》を殺《ころ》してロッカーに入《い》れてやる！　それで僕《ぼく》は僕《ぼく》のままでいられるということだろう！　お前《まえ》は許《ゆる》さない！　この世《よ》に存在《そんざい》すべきではないんだ！」

再《ふたた》び、リンドウは手《て》に力《ちから》を込《こ》めた。

首《くび》を全力《ぜんりょく》で絞《し》めるが、怪人《かいじん》ミラーは苦《くる》しむどころかその表情《ひょうじょう》には余裕《よゆう》が見《み》える。

「楠木《くすのき》リンドウ。キミはなぜ、今《いま》まで自分《じぶん》をいじめていた人間《にんげん》を許《ゆる》せるのですか？　記憶《きおく》の混濁《こんだく》、そしてその影響《えいきょう》で思《おも》い出《だ》せなくなっていたとしても。身体《からだ》には忌《い》まわしい記憶《きおく》が染《し》みついていたはずです」

そう言《い》って服《ふく》の袖《そで》を捲《めく》った怪人《かいじん》ミラーの腕《うで》には、リンドウと同《おな》じ火傷《やけど》の痕《あと》があった。

「僕《ぼく》は！　生《う》まれ変《か》わるために願《ねが》いを叶《かな》えたんだ！　すべてを呪《のろ》ったお前《まえ》とは違《ちが》う！　僕《ぼく》を頼《たよ》ってくるなら、過去《かこ》は関係《かんけい》ない！」

なぜだかはわからないが、声《こえ》を上《あ》げれば上《あ》げるほど怪人《かいじん》ミラーは笑顔《えがお》になる。

リンドウはそれに苛立《いらだ》ち、さらに力《ちから》を込《こ》めるが、怪人《かいじん》ミラーは苦《くる》しそうな表情《ひょうじょう》を見《み》せなかった。

「それでは問《と》いましょう。もう答《こた》えは出《で》ていますが……私《わたし》の名前《なまえ》を教《おし》えてください。さあ、素直《すなお》に認《みと》めて名前《なまえ》を言《い》うのです」

それどころか、今《いま》までにないほどの醜悪《しゅうあく》な笑《え》みを浮《う》かべて、強引《ごういん》にリンドウに顔《かお》を近《ちか》づけようとしたのだ。

「お前《まえ》は……僕《ぼく》じゃない！　僕《ぼく》であってたまるか！　お前《まえ》は悪魔《あくま》だ！　人間《にんげん》の心《こころ》を忘《わす》れた悪魔《あくま》だっ！」

怒《いか》りを込《こ》めて、そう叫《さけ》んだ瞬間《しゅんかん》。

怪人《かいじん》ミラーは目《め》を見開《みひら》いて、これ以上《いじょう》ないほどうれしそうな表情《ひょうじょう》を見《み》せた。

この答《こた》えを待《ま》っていたかのように。

いや、そうではない。

リンドウがそう答《こた》えるように、わざと怒《おこ》らせたに違《ちが》いない。

怪人《かいじん》ミラーの怪談《かいだん》に関《かん》しては、「願《ねが》いを叶《かな》えたあと、怪人《かいじん》ミラーは質問《しつもん》をする」と生徒《せいと》たちの間《あいだ》で噂《うわさ》されているようだが、真実《しんじつ》は違《ちが》う。

願《ねが》いを叶《かな》える叶《かな》えないにかかわらず、怪人《かいじん》ミラーに質問《しつもん》をされたら、絶対《ぜったい》に答《こた》えを言《い》わなければならないのだ。

この質問《しつもん》はリンドウには容易《たやす》く答《こた》えられるものだったが、会話《かいわ》の中《なか》で感情《かんじょう》が昂《たかぶ》ってしまい、回答《かいとう》を拒否《きょひ》した。

暗《くら》い技術工作室《ぎじゅつこうさくしつ》の準備室《じゅんびしつ》の中《なか》、誰《だれ》もいなくなった室内《しつない》に鏡《かがみ》の仮面《かめん》が落《お》ちていた。

さびしく、新《あたら》しい主《あるじ》を待《ま》つようにして。

楠木《くすのき》リンドウは、怪人《かいじん》ミラーの質問《しつもん》に答《こた》えられなかったのだ。

◆　◆　◆

イスの上《うえ》に現《あらわ》れた映像《えいぞう》が終《お》わり、背後《はいご》に何者《なにもの》かの気配《けはい》を感《かん》じて振《ふ》り返《かえ》ったが……誰《だれ》もいない。

「おやおや、来《こ》られてたのですね。どうしましたか？　鳩《はと》が豆鉄砲《まめでっぽう》を食《く》らったような顔《かお》をして。え？　私《わたし》がいなかったから、イスの上《うえ》に現《あらわ》れた映像《えいぞう》を観《み》ていたですって？」

慌《あわ》てて声《こえ》のするほうを振《ふ》り返《かえ》ると怪人《かいじん》ミラーの姿《すがた》が。

状況《じょうきょう》を説明《せつめい》するものの、何《なに》を言《い》っているかわからないという様子《ようす》で怪人《かいじん》ミラーは首《くび》を傾《かし》げて見《み》せる。

まるで、自分《じぶん》はずっとここにいたと言《い》わんばかりに。

よく見《み》ればサイドテーブルの上《うえ》に置《お》かれていたメモはなくなり、先《さき》ほどとは少《すこ》し部屋《へや》の様子《ようす》も違《ちが》う。

幻《まぼろし》でも見《み》ていたような、別《べつ》の世界《せかい》にでも迷《まよ》い込《こ》んだような、そんな奇妙《きみょう》な感覚《かんかく》だ。

「……なるほど。私《わたし》の過去《かこ》を観《み》てしまったというわけですね。ええ、別《べつ》に構《かま》いませんよ？　過去《かこ》を知《し》られたからと言《い》って私《わたし》に損《そん》はありませんし、その話《はなし》が本当《ほんとう》なら、私《わたし》の名前《なまえ》を尋《たず》ねたところでもうすでに名《な》はわかっているということですからね」

名前《なまえ》を答《こた》えられなかったら怪人《かいじん》ミラーになってしまう。

だが、答《こた》えられたらどうなるのだろうか。

この口《くち》ぶりからすると、答《こた》えられたら何《なに》も起《お》こらないか、怪人《かいじん》ミラーが消滅《しょうめつ》するか……と言《い》ったところだろうか。

「私《わたし》が今《いま》までお話《はな》ししたのは、過去《かこ》に私《わたし》が経験《けいけん》したもの……とでもお話《はな》ししておきましょう。え？　リンドウ少年《しょうねん》を邪魔者扱《じゃまものあつか》いしていたのに……ですって？　それは当然《とうぜん》。今《いま》までの怪人《かいじん》ミラーの記憶《きおく》が私《わたし》にはあるので。どれだけ彼《かれ》が嫌《きら》われていたかわかりますよね。フフフ」

つまり、目《め》の前《まえ》の怪人《かいじん》ミラーには、歴代《れきだい》の記憶《きおく》が蓄積《ちくせき》されているということなのだろう。いつから存在《そんざい》しているかわからないが、長《なが》い長《なが》い歴史《れきし》をひとりが継承《けいしょう》することになるのか。

「柳《やなぎ》ロアンくん、三杉《みすぎ》カナデくんはいい友達《ともだち》でした。過去《かこ》に命《いのち》を落《お》とした、リンドウ少年《しょうねん》にしか見《み》えない幽霊《ゆうれい》だとしても、彼《かれ》らがいたことによって毎日《まいにち》が充実《じゅうじつ》していたのです。孤《こ》独《どく》ではなくなったのです」

楠木《くすのき》リンドウにとって、別世界《べっせかい》に来《き》たとしても自分《じぶん》をいじめていた人《ひと》たちといきなり仲《なか》よく……というのは抵抗《ていこう》があったのだろう。

この世界《せかい》に馴染《なじ》むためにも、支《ささ》えてくれる友達《ともだち》が必要《ひつよう》だったのだ。

だからこそ、この学校《がっこう》にいたリンドウと波長《はちょう》の合《あ》う幽霊《ゆうれい》、ロアンとカナデが友達《ともだち》として現《あらわ》れたのだろう。

「おいおい。お前《まえ》にしちゃ、ずいぶんしおらしいことを言《い》ってくれるじゃねぇの。俺《おれ》だってお前《まえ》と過《す》ごした日々《ひび》は悪《わる》くなかったぜ」

その声《こえ》とともに、イスのうしろの暗闇《くらやみ》から現《あらわ》れたのは……大柄《おおがら》の男子生徒《だんしせいと》、柳《やなぎ》ロアンだった。

ロアンはイスの背《せ》もたれに肘《ひじ》を置《お》き、ニカッと爽《さわ》やかな笑顔《えがお》を見《み》せる。

「やれやれ。あいかわらず無作法《ぶさほう》ですねぇロアンくん」

「せめて豪快《ごうかい》と言《い》えよ。それが友達《ともだち》に言《い》う言葉《ことば》かよ。なあ、カナデ」

今度《こんど》はロアンとイスを挟《はさ》むようにカナデが現《あらわ》れた。

「そうね。でも彼《かれ》らしくていいじゃない。本当《ほんとう》は、私《わたし》たちは最後《さいご》まで彼《かれ》と一緒《いっしょ》にいるつもりだった。だけど何者《なにもの》かに邪魔《じゃま》をされて、それができなかった。あなたが怪人《かいじん》ミラーになったとしてもそれは変《か》わらないわ。私《わたし》たちはずっと、あなたの友達《ともだち》なのだから」

イスの横《よこ》に立《た》ち、怪人《かいじん》ミラーに言《い》い聞《き》かせるように話《はな》したカナデ。

ふたりの登場《とうじょう》に何《なに》か思《おも》うことがあるのか、怪人《かいじん》ミラーが身体《からだ》を震《ふる》わせて泣《な》いているようにも見《み》えた。

「まったく！　キミたちは！　私《わたし》がいてほしいときにはいなくて、こんなときになって来《く》るとは。しかし、私《わたし》のことを思《おも》って現《あらわ》れてくれたなら、これほどうれしいことはありません。感謝《かんしゃ》しますよ、ロアンくん、カナデくん」

「当《あ》たり前《まえ》だろ。お前《まえ》が苦《くる》しんでいるときに一緒《いっしょ》にいられなかったんだ。これからはずっと一緒《いっしょ》にいてやるから安心《あんしん》しろ」

立場《たちば》が変《か》わっても、リンドウの友達《ともだち》ということは変《か》わらないということなのだろう。

それが怪奇《かいき》を追《お》う立場《たちば》から、怪奇《かいき》を発現《はつげん》させる立場《たちば》に変《か》わったとしても。

「ええ、そうね。最後《さいご》まで一緒《いっしょ》にいられなかったから、ここからはずっと一緒《いっしょ》よ。嫌《いや》だと言《い》っても離《はな》れるつもりはないからね」

ロアンもカナデも、リンドウのことを思《おも》って言《い》っているのがわかる。

これが本心《ほんしん》なのか、それとも怪人《かいじん》ミラーに操《あやつ》られているのかはわからないが、それはこちらがとやかく言《い》うことではないのだろう。

「来客中《らいきゃくちゅう》だというのにキミたちは。私《わたし》を泣《な》かせるつもりですか？　申《もう》し訳《わけ》ありませんでした。こちらで勝手《かって》に盛《も》り上《あ》がってしまいましたね」

大丈夫《だいじょうぶ》だと怪人《かいじん》ミラーに首《くび》を横《よこ》に振《ふ》って見《み》せる。すると、怪人《かいじん》ミラーは改《あらた》めてイスに座《すわ》り直《なお》し、手《て》を高《たか》く挙《あ》げて指《ゆび》を鳴《な》らした。

いつものように、イスの上《うえ》に映像《えいぞう》が現《あらわ》れるが、まだ何《なに》か話《はなし》があるのだろうか。

「一条《いちじょう》ゲン。あの日《ひ》、彼《かれ》は交通事故《こうつうじこ》に遭《あ》って死亡《しぼう》しています。悲《かな》しいことですが、先代《せんだい》の怪人《かいじん》ミラーの恨《うら》みが彼《かれ》を逃《のが》すことはなかった……ということですね。恐《おそ》ろしいものです。人《ひと》の執念《しゅうねん》というものは」

ご丁寧《ていねい》に、ゲンが死《し》ぬ場面《ばめん》が映《うつ》し出《だ》されるが、とても見《み》られたものではなかった。

歩道橋《ほどうきょう》を歩《ある》いていたゲンの身体《からだ》が、突然何《とつぜんなに》かに引《ひ》っ張《ぱ》られるように奇妙《きみょう》に動《うご》き、そして転落《てんらく》。

下《した》を走行《そうこう》していた大型《おおがた》トラックに跳《は》ね飛《と》ばされて即死《そくし》だった。

これを、呪《のろ》いと言《い》わずしてなんというのだろうか。

「さて……本来《ほんらい》ならこの辺《あた》りでお帰《かえ》りいただくのですが、今日《きょう》はとても気分《きぶん》がいい。少《すこ》しだけ、私《わたし》の友人《ゆうじん》たちとともに楽《たの》しんでいきませんか？」

こちらにそう言《い》うと、イスから立《た》ち上《あ》がって再度《さいど》指《ゆび》を鳴《な》らした。

するとどうだろう。

イスを照《て》らしていたスポットライトの範囲《はんい》が広《ひろ》がり、部屋全体《へやぜんたい》が明《あか》るくなる。

気《き》づけば、明《あか》るくなった場所《ばしょ》には物語《ものがたり》に登場《とうじょう》した人物《じんぶつ》たちの姿《すがた》。

かつてリンドウをいじめていた人《ひと》たちが、穏《おだ》やかな顔《かお》で怪人《かいじん》ミラーを見《み》ていた。

そして、その中心《ちゅうしん》には怪人《かいじん》ミラー……と、工藤《くどう》ハルコの姿《すがた》が。

「元《もと》の世界《せかい》でどうだったかなど、私《わたし》はどうでもいいのです。ハルコ、やっと私《わたし》はキミと同《おな》じ世界《せかい》に来《こ》られた。これからはずっと一緒《いっしょ》に。さあ、手《て》を取《と》って」

以前《いぜん》、ここでハルコと踊《おど》っていたが、この練習《れんしゅう》をしていたのだろう。

楠木《くすのき》リンドウをいじめて、怒《いか》りと絶望《ぜつぼう》の限界《げんかい》を超《こ》えさせた工藤《くどう》ハルコ。

世界《せかい》が変《か》わり、リンドウと恋人《こいびと》となったが、それを引《ひ》き離《はな》したのももうひとりのリンドウだった。

数奇《すうき》な運命《うんめい》の巡《めぐ》り合《あ》わせ。

そしてなんと奇妙《きみょう》な結末《けつまつ》だっただろうか。

楽《たの》しそうにフロアの真《ま》ん中《なか》で踊《おど》るふたりを、周囲《しゅうい》の人《ひと》たちが拍手《はくしゅ》で祝福《しゅくふく》している。

きっと彼《かれ》は、楠木《くすのき》リンドウは、やっと望《のぞ》んだ世界《せかい》を手《て》に入《い》れることができたのだろう。

絶望《ぜつぼう》の底《そこ》にいたあの日《ひ》、復讐《ふくしゅう》か新《あら》たな希望《きぼう》か、どちらを選《えら》んだかで世界《せかい》が大《おお》きく変《か》わった。

どちらがいいかなんてわからないが、リンドウにとってはこれでよかったのかもしれない。

そんな彼《かれ》の幸《しあわ》せそうな姿《すがた》を目《め》に焼《や》きつけ、この部屋《へや》を去《さ》った。

楠木《くすのき》リンドウの永遠《えいえん》の幸《しあわ》せを願《ねが》いながら。


〜完《かん》〜

AFTERWORD

狂気《きょうき》に身《み》を委《ゆだ》ね、復讐《ふくしゅう》に走《はし》った楠木《くすのき》リンドウと、逃《に》げ出《だ》すことを選《えら》んだ楠木《くすのき》リンドウ。

ふたりの同《おな》じ少年《しょうねん》がまったく別《べつ》の道《みち》を選《えら》んだ結果《けっか》、お互《たが》いを敵《てき》として認識《にんしき》してしまうという物語《ものがたり》でした。

願《ねが》いを叶《かな》えるロッカーというものがなければ、リンドウは苛烈《かれつ》ないじめに耐《た》え続《つづ》ける日々《ひび》を送《おく》っていたという可能性《かのうせい》があるのです。

これは「もしも」の世界《せかい》。考《かんが》えたことはありませんか？ もしもあの時《とき》、こうしていたら。もしかすると今《いま》とは違《ちが》った未来《みらい》が待《ま》っていたかもしれません。

人生《じんせい》とはそういった選択《せんたく》の連続《れんぞく》なのです。

とはいえ、今《いま》がうまくいっていないからと言《い》って、選択《せんたく》が間違《まちが》っていたとは思《おも》わないでください。

この先《さき》、どんな逆転《ぎゃくてん》が待《ま》っているか、どんな人生《じんせい》になるかは自分《じぶん》の意思次第《いししだい》なのです。

などと偉《えら》そうなことを書《か》きましたが、あまり深《ふか》いことは考《かんが》えずに、自分《じぶん》が今《いま》できることをしていきましょう。

この物語《ものがたり》では、どんな選択《せんたく》をしたとしても楠木《くすのき》リンドウにはハッピーエンドは訪《おとず》れなかったかもしれません。

私自身《わたしじしん》、これまでの人生《じんせい》の選択《せんたく》がすべて正《ただ》しかったとは思《おも》いませんが、そのおかげで今《いま》、こうして小説《しょうせつ》を書《か》くことができているのです。

あなたも、これからの人生《じんせい》でさまざまな選択《せんたく》があると思《おも》いますが、どうか希望《きぼう》を持《も》って選択《せんたく》してください。

強《つよ》く、今《いま》を変《か》えたい、何《なに》かを成《な》したいと思《おも》う気持《きも》ちが、きっといい結果《けっか》へと導《みちび》いてくれるはずです。

今《いま》を楽《たの》しみ、未来《みらい》に希望《きぼう》を。

少《すこ》し説教《せっきょう》くさくなりましたが、怪人《かいじん》ミラーと楠木《くすのき》リンドウの物語《ものがたり》を読《よ》んでいただきありがとうございました。

また次《つぎ》の物語《ものがたり》でお会《あ》いしましょう。

ウェルザード

怖《こわ》～い『あやかし』退治《たいじ》は
陰陽師《おんみょうじ》におまかせ！

転校生《てんこうせい》はおんみょうじ！
作：咲間咲良《さくまさくら》　絵：riri《りり》

鬼《おに》が見《み》えてしまう小学生《しょうがくせい》・花菜《はな》はある日《ひ》、鬼《おに》に襲《おそ》われていたところを謎《なぞ》の美少年《びしょうねん》・アキトに助《たす》けられる。自分《じぶん》を『おんみょうじ』だというアキトは、花菜《はな》のクラスにやってきた転校生《てんこうせい》だった！　第《だい》15回《かい》絵《え》本《ほん》・児童書大賞《じどうしょたいしょう》　サバイバル・ホラー児童書賞受賞作《じどうしょしょうじゅしょうさく》！

アルファポリスきずな文庫

ドキドキ
MAX《マックス》の学園生活《がくえんせいかつ》!?

みえちゃうなんて、ヒミツです。　イケメン男子《だんし》と学園鑑定団《がくえんかんていだん》
作：陽炎氷柱《かげろうつづら》　絵：雪丸《ゆきまる》ぬん

私《わたし》、七瀬雪乃《ななせゆきの》には付喪神《つくもがみ》をみることができるという秘密《ひみつ》のチカラがある。この秘密《ひみつ》を守《まも》るため、中学校《ちゅうがっこう》では目《め》立《だ》たないようにしようと思《おも》ったのに……とある事件《じけん》にまきこまれちゃった！　その上《うえ》、イケメン男子《だんし》たちと一緒《いっしょ》に探《さが》しものをすることになって……!?

アルファポリスきずな文庫

ウェルザード／作《さく》
福井県大飯郡高浜町在住。11月2日生まれ。代表作は『カラダ探し』（スターツ出版）。生まれ育った町で、作家活動以外にも創作活動を行っている。

赤《あか》身《み》ふみお／絵《え》
イラストレーター。ライトノベルや児童書の挿絵やキャラクターデザイン等で活動中。

本書は、「アルファポリス」（https://www.alphapolis.co.jp/）に掲載されていたものを、改稿、加筆のうえ、書籍化したものです。

絶《ぜつ》命《めい》教《きょう》室《しつ》④
怪人《かいじん》ミラーとの恐《きょう》怖《ふ》のゲーム

作《さく》　ウェルザード
絵《え》　赤《あか》身《み》ふみお

2024年11月15日初版発行

編集　境田 陽・森 順子
編集長　倉持真理
発行者　梶本雄介
発行所　株式会社アルファポリス
〒150-6019 東京都渋谷区恵比寿4-20-3 恵比寿ガーデンプレイスタワー 19F
TEL 03-6277-1601（営業）03-6277-1602（編集）
URL https://www.alphapolis.co.jp/
発売元　株式会社星雲社（共同出版社・流通責任出版社）
〒112-0005 東京都文京区水道1-3-30
TEL 03-3868-3275
デザイン　川内すみれ（hive&co.,ltd.）
（レーベルフォーマットデザイン―アチワデザイン室）
印刷　中央精版印刷株式会社

価格はカバーに表示しています。
落丁乱丁の場合はアルファポリスまでご連絡ください。送料は小社負担でお取り替えします。

ISBN978-4-434-34818-1 C8293

ファンレターのあて先

〒150-6019 東京都渋谷区恵比寿4-20-3 恵比寿ガーデンプレイスタワー 19F
（株）アルファポリス　書籍編集部気付
ウェルザード先生
いただいたお便りは編集部から先生におわたしいたします。